Autor _ GÓRKI
Título _ A VELHA IZERGUIL
E OUTROS CONTOS

Copyright _ Hedra 2010
Tradução© _ Lucas Simone
Agradecimento _ a Tatiana Larkina
Corpo editorial _ Adriano Scatolin,
Alexandre B. de Souza,
Bruno Costa, Caio Gagliardi,
Fábio Mantegari, Iuri Pereira,
Jorge Sallum, Oliver Tolle,
Ricardo Musse, Ricardo Valle

Dados _

Dados Internacionais de Catalogação na Publicação (CIP)

G682 Górki (1868—1936)

A velha Izerguil e outros contos. / Górki.
Tradução de Lucas Simone. Introdução de
Bruno Gomide. — São Paulo: Hedra, 2010.
166 p.

ISBN 978-85-7715-197-4

1. Literatura Russa. 2. Contos. 3. Conto russo.
I. Título. II. Górki, Maksim (1868—1936).
III. Simone, Lucas, Tradutor. IV. Gomide,
Bruno.

CDU 882
CDD 891.7

Elaborado por Wanda Lucia Schmidt CRB-8-1922

Direitos reservados em língua
portuguesa somente para o Brasil

EDITORA HEDRA LTDA.

Endereço _

R. Fradique Coutinho, 1139 (subsolo)
05416-011 São Paulo SP Brasil

Telefone/Fax _ +55 11 3097 8304

E-mail _ editora@hedra.com.br

site _ www.hedra.com.br

Foi feito o depósito legal.

Autor _ GÓRKI
Título _ A VELHA IZERGUIL
E OUTROS CONTOS
Tradução _ LUCAS SIMONE
Introdução _ BRUNO GOMIDE
São Paulo _ 2010

hedra

Maksim Górki (Níjni Nóvgorod, 1868–Moscou, 1936), pseudônimo de Aleksei Maksímovitch Piéchkov, um dos grandes nomes da literatura russa dos séculos XIX—XX. Poderoso ficcionista, Górki soube tratar de forma incomparável o meio brutal de párias da sociedade. Na sua produção literária destaca-se a trilogia autobiográfica *Infância* (1913—1914) e *Ganhando meu pão* (1916) e *Minhas universidades* (1923). Ao registrar suas recordações sobre L. Tolstói e A. Tchekhov, entre outros, Górki ficou reconhecido também como memorialista. Considerado um dos grandes nomes da literatura dramática do século XX e o fundador da linha sócio-política no drama moderno, Górki é um dos autores mais encenados no mundo inteiro ainda hoje.

A velha Izerguil e outros contos é uma coletânea de narrativas da fase inicial do autor russo: "A velha Izerguil", "Makar Tchudrá", "Tchelkach", "Boles" e "Os compadres" trazem a característica mistura gorkiana de sopro romântico e observação realista, e contribuíram para a sua fama instantânea dentro e fora da Rússia. Eles mostram como traço comum um olhar renovado sobre as figurações literárias das classes populares do vasto império russo, apresentadas sem as tradicionais idealizações "camponesas".

Lucas Simone é graduando em História pela Universidade de São Paulo e professor de língua russa.

Bruno Gomide é professor de literatura russa na Universidade de São Paulo e autor de *Da estepe à caatinga: o romance russo no Brasil (1887—1936)* (Edusp, no prelo). Foi pesquisador visitante na Universidade de Califórnia (Berkeley, EUA) e no Instituto Górki de Literatura Mundial (Moscou).

SUMÁRIO

Introdução, por Bruno Gomide 9

A VELHA IZERGUIL E OUTROS CONTOS   23

A velha Izerguil............................. 25

Makar Tchudrá............................. 57

Boles...................................... 77

Os compadres............................... 85

Tchelkach.................................. 109

INTRODUÇÃO

Poucos escritores terão sido mais multifacetados do que Maksim Górki, em vida e obra. Suas posturas mercuriais e sua biografia peripatética fizeram correr muita tinta e foram analisados em relatos, memórias e estudos variados. Comentaristas vêm tentando estabelecer, com sucesso variável, os traços de uma figura complexa, misto de *outsider* e de escritor firmemente enraizado em tradições intelectuais russas. Andarilho, dissidente, exilado, desviante, cooptado, representante da Rússia profunda, cantor de modos de vida coloridos e vitais, pintor de um universo constituído de vinho, exuberância e vendetas, intelectual orgânico do regime (ou de vários), investigador — na velha linhagem moral da *intelligentsia* russa — das camadas profundas da vida popular, crítico áspero das condições duras de vida dos humilhados e ofendidos, "amargo", como propõe o seu pseudônimo, e ao mesmo tempo defensor generoso da preservação da cultura humanista e de bens simbólicos ameaçados pelo vórtice revolucionário: trabalhar com as contradições gorkianas nunca foi tarefa fácil para o comentarista. Talvez a melhor síntese tenha sido conseguida por Boris Schnaiderman, que definiu Górki como um artista de "altos e baixos".

INTRODUÇÃO

Como podemos resumir o percurso e a poética de um artista que, no começo do século XX, esboçou fragmentos sumamente modernos de Tolstói, cortantes e ousados, e poucas décadas depois ajudou a estabelecer um cânone para a literatura soviética em que um Tolstói sereno, clássico, antimoderno, era parâmetro? Estaríamos diante de um, entre tantos, dolorosos casos de capitulação diante do canto de sereia do estado e dos apelos da vida prática? Ou haveria mais continuidade do que discrepância entre a poética gorkiana finissecular e o impulso utópico e mobilizador que habita (mas não o define integralmente) o realismo socialista?

Aleksei Maksímovitch Pechkov nasceu em 1868, em Níjni-Nóvgorod (durante o período soviético rebatizada com seu pseudônimo), na região do Volga. Aos onze anos, começa uma vida de perambulações pela vastidão russa e trabalha em uma fileira de profissões: lavador de pratos em um barco, aprendiz de pintor de ícones, padeiro, entre outras. Muito disso será depois descrito em sua ficção autobiográfica. O nomadismo, a estrada, a estepe e o caminho, temas que remontam ao pensador Piotr Tchaadáiev, serão recorrentes em seus textos, em que se finca a força da paisagem e da geografia, esse elemento tão vital para a cultura russa. Em um contraste recorrente na cultura russa, a ficção de Górki se moverá alternadamente entre os polos das andanças e dos trabalhos. Nela, parece não haver espaços intermediários: ou estamos na estepe vasta, na encruzilhada, nos caminhos sem fim, ou nas tavernas sufocantes e espaços claustrofóbicos.

Durante a juventude, lê avidamente, toma contato com a agitação política da época, e em 1891 publica em um jornal do Cáucaso seu primeiro conto, *Makar Tchudrá*, incluído nesta coletânea. Segue-se uma copiosa atividade de publicação em revistas e jornais provinciais, até que, a partir de 1895, desponta no cenário das duas principais cidades russas, Moscou e São Petersburgo. Dois outros contos aqui presentes, *A velha Izerguil* e *Tchelkach*, também datam desse momento. Nos meios literários, foi extraordinário o sucesso dessas e de outras narrativas, às quais somaram-se, no começo do século seguinte, e com igual êxito, peças como *No fundo*, montada pelo Teatro de Arte de Moscou. Ao invés dos cenários habituais da ficção russa do século XIX — a corte petersburguesa e sua rede de funcionários, a boa e velha Moscou, o Cáucaso romantizado, ou a província empobrecida, vista a partir do tédio senhorial ou da inércia burocrática, surgiam paisagens, regiões e tipos novos, nomes que soavam ao mesmo tempo românticos e verdadeiros: Bessarábia, *hutsuls*, infindáveis matizes de estepes e portos. A dispersão física e geográfica agradava tanto a nefelibatas sonhadores quanto à mentalidade estatística e mensuradora típica da intelectualidade inspirada nas ideias de Nikolai Tchernychévski. Górki ficou famoso, virou uma figura pública de primeira ordem, e teve a dupla reputação de neorromântico e de realista engajado, justaposição que o acompanharia até o fim da vida.

Boa parte do seu sucesso pode ser explicado pelo clima de estagnação, esvaziamento e indefinição sentido por setores consideráveis dos círculos literários de

INTRODUÇÃO

fim de século. Turguêniev e Dostoiévski estavam mortos. Tolstói renegava a literatura. Gógol era passado longínquo. Dizia-se que o grande romance russo, que norteara não apenas a cultura literária do país durante o século XIX, mas a *cultura* de modo geral, assim como guiara a vida íntima e a conduta de indivíduos e grupos, havia acabado. E então, o que fazer? Insistir em continuá-lo por meio de uma prosa opaca, pesada? Pulverizá-lo em pequenas narrativas do impasse? Mudar completamente o eixo e trocá-lo por uma aceitação dos microgêneros decadentistas europeus? Um texto representativo dessa sensação é o famoso ensaio de Dmitri Merejkóvski, "Sobre as causas da decadência da literatura russa atual", de 1893. A voz de Górki, nesse contexto, soava original, renovadora.

Apesar da sensação de pasmaceira, as camadas urbanas da Rússia passavam por um momento de tremenda diversificação. Na crise da sociedade imperial, ampliavam-se as esferas de constituição e de atuação da historicamente tíbia sociedade civil russa, que ganhava fôlego em inúmeros debates, publicações e movimentos políticos. Associado à esquerda russa, Górki contribuiu para revistas que também traziam Lênin e Plekhânov e trabalhou na imprensa clandestina, o que lhe valeu um exílio político na mitológica cidade de Arzamás, em 1901. Escreveu o romance *A mãe* (1906), provavelmente seu texto mais influente, tornado pedra de toque da estética do realismo socialista. Apoiou a revolução de 1905 e uniu-se ao partido bolchevique, com o qual teria uma relação dúbia nas décadas seguintes, marcada por rupturas violentas, exílios mais ou menos voluntários (especialmente na Itália), e reconciliações mais ou menos forçadas, até o trágico reencontro com o aparato stalinista, do qual tornou-se intelectual orgânico na criação de ortodoxias. Nessa conexão, o seu momento mais lembrado é a participação no decisivo congresso de escritores soviéticos de 1934, que sepulta os restos da vanguarda. Morre dois anos depois, laureado como artista oficial do regime, para o qual legou uma poética oficial e encômios a projetos repressivos: engenharia de almas e de construções. Citar o seu nome, ao lado do de Lênin e de Stálin, tornou-se de rigor em quase toda publicação soviética dedicada à cultura. Diga-se de passagem que Górki (assim como Lênin) não se comprazia com essa monumentalização.

Em paralelo a esse contato por vezes linear, por vezes tortuoso, mas sempre intenso, com a via revolucionária, Górki realizou fusões culturais interessantíssimas e muito típicas do período. O melhor exemplo é sua participação no grupo inspirado nas ideias de A. Bogdânov, conhecido como a "Construção de Deus" ("bogostroitelstvo"), que buscava sínteses místicas entre povo e deus, humanidade e religião, em uma maneira comparável a do filósofo Vladímir Solovióv e dos simbolistas, contra os quais encrispavam-se os bolcheviques (exceção feita, parcialmente, a Aleksandr Blok).

Ao invés, portanto, de considerá-lo partidário de uma linha reta emanante de textos propagandísticos como *A mãe*, do qual, seja dito, não estão isentos os tons religiosos, o melhor talvez seja dizer que Górki infunde a literatura soviética de sentidos os mais variados. Foi crítico duro do "talento cruel" de um Dostoiévski e de sua arte "doentia", tal como definidos pela pauta populista do pensador Mikhailóvski, e portanto responsável por contribuir com que a desconfiança, ou mesmo repúdio, em relação ao fator estético, característica basilar da crítica radical russa da segunda metade do século XIX, fosse prolongada nas estéticas conteudísticas, antissimbólicas e antiformalistas do período soviético.

Mas ele é também aquele que, segundo o brilhante contista Isaac Bábel, insuspeito de patrulhamentos ideológico-estéticos, trazia pioneiramente o sol em sua arte e continha as sementes de uma literatura futura. Levando-se em conta que Bábel podia estar escrevendo "para o censor", é altamente sintomático que um artista fino como ele tenha feito contínuas declarações nessa linha, e inclusive cogitado um livro sobre Górki. As suas menções ao escritor mais velho não parecem ter sido apenas de retribuição ou de produção de comentários oficiais, estilo salvo-conduto, e sim no sentido de apontar para riquezas e potencialidades criativas no texto gorkiano, lido como um manancial para a literatura soviética e não como cartilha impositiva ou normativa. E nunca é demais lembrar, o que certamente foi uma das grandes contribuições gorkianas para a arte do seu país e dos nossos tempos, o empenho para que, em determinados momentos, a literatura dos "companheiros de viagens" fosse preservada, incentivada e incorporada à cultura soviética. A atuação de Górki, criando editoras, solicitando textos originais e traduções, foi crucial para que diversos artistas pudessem sobreviver materialmente nos anos mais terríveis do período pós-revolucionário.

Sua recepção em vida foi também marcada pela oscilação, e aqui é necessário frisar o "em vida". À diferença de outros ficcionistas russos, como Dostoiévski, Gógol e Tchékhov, cuja fama fora da Rússia foi póstuma (as outras exceções são o Tolstói dos anos 1890—1910 e Turguêniev, que teve prestígio nos meios literários franceses da década de 1870), os escritos de Górki tiveram repercussão nacional e internacional cedo, e seu nome ficou sujeito a vogas. Um historiador da literatura soviética, traçando a difusão da obra de Górki através da crítica e das traduções, conclui que na França ela conheceu pontos altos até 1906, tempo justamente da contística incluída neste volume, caiu subitamente antes de 1914 e desapareceu durante a Primeira Guerra Mundial. Alentada pela revolução de 1917, foi crescendo até 1928, estabilizou-se por dois anos e depois perdeu fôlego. O prestígio de Górki durante o primeiro momento é explicado pelo autor através do "gosto pelos 'vagabundos' no início do século, ligado à ideologia nietzschiana que então penetra no socialismo francês" (Jean Pérus. "Maxime Gorkij dans la littérature française", 1957). Ao contrário dos artistas russos oitocentistas, logo inseridos no cânone da literatura mundial, a reputação de Górki passou por arroubos do público leitor e significativas baixas de popularidade. Quando faleceu, contudo, não deixou de receber muitos elogios, especialmente por parte de intelectuais filiados ao comunismo. Para citar apenas um exemplo brasileiro, a importante *Revista Acadêmica* consagrou-lhe um número, com artigos de Murillo Miranda ("Górki, o Padeiro"), Romain Rolland ("A Máximo Górki") e C.J.C. Tavares ("Obrigado,

Górki"). Quanto a sua reputação no âmbito dos estudos universitários, talvez não seja errado dizer, resumindo-se bastante o quadro, que ele não foi alvo do mesmo tipo de inquirição paciente que outros grandes artistas russos receberam.

No Brasil das primeiras décadas do século xx, Górki foi objeto de muita retórica altissonante, mas também de fortes projeções de empatia e afinidade, gerando formas de identificação sincera e comovente. É sempre difícil mensurar tais assertivas, mas é bem possível que ele, em certos momentos, tenha sido o escritor russo mais citado, imitado e admirado em países da África, da América Latina e da Ásia. Os leitores fizeram uma associação muito forte de Górki com a miséria e a pobreza, a partir de elementos retirados de sua trajetória e de sua ficção. Ressaltava-se a coerência entre o indivíduo concreto e o que ele escrevia. Desde cedo chamou a atenção o fato de que Górki teria sido o primeiro dos grandes escritores russos que, de fato, tinha contato próximo com as agruras do povo. Sabe-se, e este ponto é às vezes levado à beira do clichê, que boa parte do impulso criativo da literatura russa do século xix veio da conexão entre escritores e a linguagem, a cultura e os temas do universo popular. Essa relação foi esmiuçada por estudiosos e apreciada pelo público leitor. Porém, foi vivida de modos distintos por escritores diferentes. Em Púchkin, a conexão é fundamental para o desenvolvimento da sua prosa literária, mas desnecessário dizer que a sua experiência biográfica concreta andou longe daquele mundo, salvo incursões pontuais para fora da luzente esfera aristocrática em que se formou e na qual vivia. Também Gógol e Dostoiévski trabalharam, cada qual a seu modo, com grandes noções de "povo russo". O segundo compartilhava, como é bem sabido, percalços financeiros e cotidianos de toda espécie com as camadas humildes que lhe habitavam os romances. Porém, nos dois casos, tais noções eram intensamente míticas, cerebrais, frutos de um diálogo intelectual. A relação ambígua de Tolstói com aquele universo já foi alvo de uma vastíssima bibliografia, na qual raras vezes deixou-se de observar as contradições entre o que o conde pregava e o que ele fazia. Górki, porém, foi o primeiro artista russo de peso a efetivamente "ir ao povo", como pregava o lema populista e estava configurado no famoso conselho que ele teria dado a Isaac Bábel. Paradoxalmente, boa parte desse apreço pelo "povo" vinha de um impulso contrário — a crítica feroz a esse mesmo povo, que aparecia a Górki, especialmente nos setores camponeses, como asiático, bárbaro, inapelavelmente atrasado.

Em todo caso, a experiência em primeira mão das duras condições de vida da imensa maioria da população parecia dar uma feição mais sincera à figuração das classes humildes e trabalhadoras em seus textos, mais direta e brutal do que em outros ficcionistas russos. Vinha embasada pelo crivo da autenticidade. O profundo humanismo proverbialmente atribuído à prosa russa de ficção do século XIX, aquele olhar afetivo diante das pequenas vidas sem sentido, de personagens simples e extraviados, porém dotados de um universo interior riquíssimo, de personalidades e desejos complexos, como nos contos *Boles* e *Os compadres*, apareciam aos leitores de Górki como a renovação de um legado literário grandioso, por via da experiência pessoal.

Tal apreciação teve muitas vezes um resultado simplificador. Dada a sua conhecida ligação com certos setores da esquerda russa, avivou-se a noção reducionista de que a literatura daquele país resumia-se ao combate entre um grupo de literatos-paladinos e a autocracia. Esse exemplo, retirado de um ensaísta brasileiro, no ano da revolução, é bem típico:

> Ninguém há de ler os livros de Máximo Górki sem encher o espírito de grandes dores e iguais revoltas. O último — *Na prisão*, é como os outros — *Os ex-homens*, *A angústia*, *Os vagabundos*, *História de um crime*, *Varenka Clessova* e os *Três*, a mesma odisseia da Rússia sofredora, o mesmo martírio do povo sem direitos, a mesma brutalidade do privilégio iníquo, o mesmo horror da horda onipotente, arbitrária, bárbara e cruel![1]

Com absoluta naturalidade, Olavo Bilac o julgava uma extensão das gerações precedentes e deixava de notar incompatibilidades tremendas: "Górki é o continuador de Dostoiévski: é, como este, o historiador da escravidão política da Rússia" ("Revolução Russa", 1905). Os meios socialistas, comunistas e anarquistas foram pródigos em divulgar brochuras, folhetins e opúsculos gorkianos.

Se a ligação de Górki com esse universo é amplamente conhecida, é de se ressaltar a crítica que o lia, simultaneamente à vertente do desabafo político radical, na chave de diversos vitalismos, como se fora quase

---

[1] Arlindo Fragoso, *O espírito... dos outros*, 1917.

um esteta: o tipo de juízo feito por um Aluísio Azevedo, quando se referiu aos "moderníssimos Górki e D'Annunzio" (*O touro negro*, carta de 12 abr. 1905), a sua inclusão entre os "neorromânticos" feita por Almáquio Diniz, a aproximação entre ele e Nietzsche observada por Monteiro Lobato em seu epistolário (*A barca de Gleyre*). Alguns dos contos desta coletânea foram acolhidos nesse diapasão.

Portanto, a trajetória irrequieta de Maksim Górki, se gerou rastros, veredas e comentários contraditórios pelo mundo, foi em muitos sentidos importantes compreendida como protótipo da vida e da obra de um intelectual e artista tipicamente "russo", e, ao lado da imagem cheia de idas e vindas, uma outra, simples e direta, franca, desprovida de ornamentos, incisiva, com frequência emergiu. Dentro e fora da Rússia, a presença de Górki formou uma certa *imagem* da literatura russa, tão poderosa e influente quanto outras imagens, concorrentes e complementares, criadas por Dostoiévski e Tolstói. Pode-se dizer que muito do que se escreveu e disse sobre literatura russa e soviética no século XX foi feito pelas lentes gorkianas, pelo filtro da leitura de suas peças, contos e romances. Deve ser levado em consideração também o fato de Górki, pela sua vivência longeva, ter sido percebido como o representante e elo mais consistente de dois mundos, o da literatura russa de fins do século XIX e a do século XX, em várias de suas rupturas e continuidades. Ele nasceu no ano em que Dostoiévski publicou *O idiota*, numa Rússia imperial em pleno clima reformista, repleta de agitação "niilista", e morre às vésperas do grande terror stalinista e da segunda guerra mundial; numa ponta, debates em torno da *obschina* (a comuna camponesa) e do *kolkhoz* (as fazendas coletivizadas); de um lado, a proibição a Tchernichévski, de outro, o veto ao formalismo. Viveu entre a troica e a... troica, a literatura realista e a literatura realista rediviva. Os leitores da primeira metade do século XX viam em Górki o portador da chama, alguém com quem podiam se corresponder, acompanhar cotidianamente e fazer solicitações, posto vago desde a morte de Tolstói em 1910. Era visto ao mesmo tempo como continuador de uma brilhante tradição e um camarada. Essa importância foi acompanhada pelo mercado editorial, que sempre lhe concedeu um quinhão considerável. Górki é um campeão de presença nos sebos mundo afora, de Lisboa a Santiago, de São Paulo a Valência.

Contudo, tal presença poderosa não parece andar nos seus melhores dias. Górki anda bastante sumido do cenário russo, com exceções de guardiões de sua memória, como o instituto que leva o seu nome, em Moscou, e que dedica-se a pesquisas e publicações voltadas a ele. Uma breve incursão a estantes de livrarias russas encontrará grandes quantidades de Mikhail Bulgákov ou de Anna Akhmátova, doses consideráveis de Leskóv, Turguêniev ou Saltikov-Schedrin, clássicos como Dostoiévski, Gógol e Tolstói muito bem representados, uma honesta amostragem de contemporâneos gorkianos, cujas famas e trajetórias em vários momentos foram comparadas à dele, tais como Andréiev e Kuprin, mas, de

Górki mesmo, figura apenas um ou outro volume um tanto envergonhadamente escondido nas prateleiras.[2]

Começamos com algumas perguntas e terminamos com uma: terá chegado o tempo de reler Górki e de reavaliar a sua posição na ficção russa?

---

[2] A verificação foi realizada em julho de 2010 pelo autor destas linhas, que contou 65 volumes de Bulgákov contra apenas três de Górki na seção de prosa russa de uma importante livraria de São Petersburgo.

A VELHA IZERGUIL
E OUTROS CONTOS

A VELHA IZERGUIL

I

Ouvi esta história nos arredores de Akkerman, na Bessarábia, à beira-mar.

Certa vez, à tardinha, terminada a colheita de uva do dia, um grupo de moldavos com quem eu trabalhava resolveu ir à praia. A velha Izerguil e eu permanecemos sob a densa sombra dos ramos de uma videira e, deitados no chão, ficamos observando em silêncio as silhuetas das pessoas caminhando em direção ao mar desvanecendo-se na bruma azulada.

Eles caminhavam, cantavam e riam. Os homens eram bronzeados, com cerrados bigodes negros e espessas madeixas até os ombros, de jaquetas curtas e calças largas; as mulheres e moças eram alegres, esguias, de olhos azul-escuros e também bronzeadas. Seus cabelos, sedosos e negros, eram revoltos, e o vento, quente e suave, brincava com eles, fazendo tilintar as moedas neles entrelaçadas. O vento soprava em ondas amplas, uniformes, mas às vezes parecia que algo invisível se precipitava e, produzindo uma forte rajada, agitava os cabelos das mulheres, formando tufos fantásticos que se erguiam de suas cabeças. Isso tornava as mulheres estranhas, fabulosas. Eles se afastavam cada vez mais de nós, e a noite e a fantasia delineavam o grupo cada vez mais maravilhosamente.

Alguém tocava violino... Uma moça cantava numa suave voz de contralto; ouvia-se um riso...

O ar estava impregnado de um forte cheiro de maresia e dos vapores orgânicos que emanavam da terra, copiosamente umedecida pela chuva que caíra pouco antes do fim da tarde. Ainda agora vagavam esparsas nuvens de chuva, densas, de contornos e coloração estranhos; ora macias, como rolos de fumaça de um azul acinzentado, ora ásperas, como um fragmento de um rochedo, de um negro opaco ou marrons. Entre elas brilhavam amigavelmente pedaços de um céu azul-escuro, adornados por manchas douradas de estrelas. Tudo isso — os sons e os cheiros, as nuvens e as pessoas — era estranhamente belo e triste, como no início de um maravilhoso conto de fadas. E foi como se a natureza se detivesse, morresse; o som de vozes esmorecia, afastava-se, transformando-se em tristes suspiros.

— Por que você não foi com eles? — perguntou a velha Izerguil, acenando com a cabeça.

O tempo a encurvara completamente e seus olhos, outrora negros, eram turvos e lacrimejantes. Sua voz áspera soava estranha: estalava, como se a velha falasse pelos ossos.

— Não quero — respondi a ela.

— Ora...! Vocês russos já nascem velhos. São todos sombrios como demônios... As nossas garotas têm medo de você... E você é jovem e forte...

Subiu a lua, um grande disco vermelho sangue. Parecia ter saído das entranhas daquela estepe, que em toda a sua existência tanta carne humana consumira e tanto sangue bebera e que, talvez por isso, era tão farta e tão fértil. Sobre nós recaíram as sombras rendadas das folhagens, cobrindo-nos, a mim e à velha, como uma rede. Pela estepe, à nossa esquerda, deslizavam as sombras das nuvens, que, impregnadas do brilho azulado da lua, tornavam-se mais límpidas e mais radiantes.

— Veja, lá vai Larra!

Olhei para onde a velha apontava com sua mão trêmula de dedos tortos e vi: lá flutuavam sombras, muitas delas, e uma delas, mais escura e mais densa que as outras, deslizava mais rapidamente e mais baixo que suas irmãs; projetava-se do pedaço de uma nuvem que voava mais perto da terra que as outras e mais depressa que elas.

— Não há ninguém ali! — disse eu.

— Você é mais cego que eu, uma velha. Olhe ali, no escuro, correndo pela estepe.

Olhei novamente e continuei sem ver nada além da sombra.

— É uma sombra! Por que você a chama de Larra?

— Porque é ele. Agora se tornou algo parecido como uma sombra, e já não era sem tempo: ele está vivo há milhares de anos. O sol secou seu corpo, seu sangue e seus ossos, e o vento os espalhou. Isso é o que Deus pode fazer a um homem por sua arrogância.

— Conte-me como foi! — pedi à velha, pressentindo uma daquelas célebres histórias nascidas nas estepes.

E ela me contou esta história.

"Muitos milhares de anos se passaram desde a época em que isto aconteceu. Muito além do mar, onde nasce o sol, existe o país do grande rio. Nesse país, cada folha de árvore e cada caule de relva dão o tanto de sombra de que uma pessoa precisa para proteger-se do sol brutalmente tórrido de lá.

"E que terra fértil há nesse país!

"Lá vivia uma poderosa tribo. Eles apascentavam seus rebanhos e na caça aos animais empregavam sua força e sua coragem. Após a caçada, banqueteavam-se, cantavam canções e brincavam com as moças.

"Certa vez, durante o banquete, uma delas, de cabelos negros e delicada como a noite, foi levada por uma águia que descera do céu. As flechas disparadas contra ela pelos homens caíam, tristes, de volta à terra. Foram então procurar a moça, mas não a encontraram. E esqueceram-se dela, como se esquece de tudo na terra."

A velha suspirou e calou-se. Sua voz rangia, soava como se todos os séculos esquecidos murmurassem, encarnados em seu peito como sombras de lembranças. O mar ecoava silenciosamente o início de uma daquelas antigas lendas que talvez tenham surgido em suas margens.

"Mas após vinte anos ela própria retornou, exausta e mirrada, e com ela um jovem belo e forte como ela própria fora vinte anos antes. E quando perguntaram a ela por onde estivera, respondeu que a águia a levara para as montanhas e lá fizera dela sua esposa. Aquele era seu filho, mas o pai já se fora: quando começara a enfraquecer, subira alto no céu uma última vez e, fechando suas asas, caíra pesadamente de lá sobre as agudas saliências da montanha, nelas se despedaçando mortalmente.

"Todos olhavam com admiração para o filho da águia, vendo que ele em nada deles diferia, exceto pelos olhos, frios e orgulhosos como os do rei dos pássaros. E falavam com ele, mas ele respondia somente quando queria, e quando vieram os mais velhos da tribo, falava com eles de igual para igual. Isto os ofendeu: chamaram-no 'seta desplumada de ponta cega' e disseram a ele que eram respeitados e obedecidos por milhares de outros como ele e por milhares de outros duas vezes mais velhos que ele. Mas ele, fitando-os corajosamente, respondeu que como ele não havia mais nenhum. E que se todos os respeitavam, ele não queria fazer o mesmo. Ah... com isso enfureceram-se profundamente. Enfureceram-se e disseram:

— Não há lugar para ele entre nós! Que parta para onde quiser.

"Ele riu e partiu para onde queria: foi na direção de uma bela moça que olhava para ele fixamente e, aproximando-se dela, abraçou-a. Ela, porém, era filha de um dos anciães que o condenaram. E embora ele fosse bonito, ela o repeliu, pois temia seu pai. Repeliu-o e afastou-se, mas ele a golpeou; e quando ela caiu, pisou em seu peito de tal forma que de sua boca o sangue jorrou em direção ao céu. A moça suspirou, contorceu-se como uma cobra e morreu.

"O medo paralisou todos que viram aquilo: pela primeira vez entre eles uma mulher era morta daquela forma. E por muito tempo todos olharam silenciosamente para ela, que jazia de olhos abertos e com a boca ensanguentada, e para ele, em pé ao lado dela e de frente para todos, orgulhoso: não abaixara sua cabeça, como se com ela chamasse para si o castigo. Depois, caíram em si e agarraram-no, amarrando-o e deixando-o assim, por acharem que matá-lo imediatamente seria simples demais; não os satisfaria."

A noite avançava, adensava-se, plena de sons baixos e estranhos. Na estepe, o *súslik*[1] assobiava tristemente; pelas folhagens da videira, que suspiravam, sussurravam, ressoava o vítreo estrídulo dos grilos. A lua cheia, antes vermelho sangue, empalidecera, afastando-se da terra e derramando cada vez mais abundantemente sobre a estepe uma bruma azulada.

"Então eles se reuniram para conceber uma execução à altura do crime. Quiseram esquartejá-lo puxando-o com cavalos, mas isso lhes pareceu pouco. Pensaram em disparar uma flecha cada um contra ele, mas isso também rejeitaram. Propuseram queimá-lo, mas a fumaça da fogueira não os permitiria vê-lo sofrer. Sugeriram diversas coisas, mas não encontraram nada que satisfizesse a todos. A mãe permanecia de joelhos, em silêncio, perante eles: não chorava e não dizia uma palavra para suplicar clemência. Por muito tempo falaram, até que um sábio, depois de pensar longamente, disse:

— E se perguntarmos a ele por que fez isto?

"E perguntaram, ao que ele disse:

— Desatem-me! Não falarei amarrado!

"Mas quando o desataram, ele indagou:

— O que vocês querem?

[1] Roedor do gênero *Spermophilus* comum em todo o hemisfério norte, parente do esquilo e da marmota. [Todas as notas são do tradutor, exceto quando indicadas.]

"Falava como se eles fossem escravos.

— Você ouviu... — disse o sábio.

— E para que eu haveria de explicar a vocês meus atos?

— Para que nós os possamos compreender. Mas escute, seu orgulhoso! Tanto faz, você morrerá de qualquer forma... Deixe-nos entender o que você fez. Nós continuaremos vivos e nos será útil saber mais do que sabemos.

— Pois bem, eu direi, embora eu mesmo talvez não entenda bem o que aconteceu. Eu a matei porque ao que parece ela me repeliu... E eu precisava dela.

— Mas ela não é sua! — disseram a ele.

— E vocês porventura só usam o que é seu? Eu vejo que cada homem possui apenas sua fala, seus braços e suas pernas... Mas domina os animais, as mulheres, a terra... E muito mais...'

"Disseram a ele que o homem paga de alguma forma por tudo o que toma para si: com sua razão, com sua força; às vezes com a vida. Mas ele respondeu que queria permanecer intocado.

"Conversaram com ele longamente, e por fim perceberam que ele se considerava o primeiro sobre a terra e que, além de si, nada enxergava. Ficaram até mesmo penalizados ao perceber a que solidão ele mesmo se condenara. Ele não tinha nem povo, nem mãe, nem gado, nem esposa; e sequer queria estas coisas.

"Quando as pessoas se deram conta daquilo, voltaram a discutir como puni-lo. Mas desta vez o debate durou pouco: o sábio, que antes não se envolvera na discussão, disse:

— Parem! Há uma punição. Um castigo terrível. Vocês depois de mil anos discutindo não pensariam em algo assim! O castigo para ele está nele mesmo! Soltem-no, que ele seja livre. Essa é a sua punição!

"Então aconteceu algo grandioso. Trovões ressoaram pelo céu, embora nele não houvesse nuvens. Eram as forças celestiais confirmando a fala do sábio. Todos fizeram uma reverência e dispersaram-se. Mas o rapaz, que agora recebera o nome de Larra, que quer dizer 'excluído', 'pária', riu-se de longe das pessoas que o abandonaram e permaneceu sozinho, livre como seu pai. Mas seu pai não fora um homem... E ele era um homem. Então começou a viver livre como um pássaro. Vinha até a tribo e dela roubava gado, moças e tudo mais o que queria. Atiravam nele, mas as flechas não perfuravam seu corpo, coberto pelo manto invisível de um castigo superior. Ele era ágil, feroz, forte e cruel, e ninguém o encontrava face a face. Somente o avistavam de longe. E por muito tempo, por muitas décadas, ele, solitário, apenas rondava as pessoas. Até que uma vez ele se aproximou das pessoas, e quando elas se lançaram sobre ele, ele não se moveu e nem fez menção de se defender. Então uma delas adivinhou o que se passava e gritou alto:

— Não toquem nele! Ele quer morrer!

"Todos então pararam, evitando aliviar o fardo daquele que lhes fizera mal, evitando matá-lo. Pararam e riram-se dele. Este estremecia ao som dos risos e procurava sem cessar com as mãos algo em seu peito. De repente, atirou-se contra as pessoas, empunhando uma pedra. Elas, porém, esquivando-se de seus golpes, não revidaram nenhuma vez, e quando ele, exausto, caiu sobre a terra com um grito melancólico, afastaram-se e puseram-se a observá-lo. Ele então se levantou, e apanhando uma faca que alguém perdera durante a luta contra ele, golpeou com ela seu próprio peito. Mas a faca partiu-se, como se houvesse golpeado uma pedra. Ele novamente caiu sobre a terra e por muito tempo bateu com a cabeça contra ela. Mas a terra afastava-se dele, afundava a cada novo golpe de sua cabeça.

— Ele não pode morrer! — disseram as pessoas com alegria.

"E se foram, deixando-o. Ele, deitado com o rosto para cima, viu voando alto no céu, como pontos negros, as poderosas águias. Em seus olhos havia tanta melancolia que com ela se poderia contagiar todas as pessoas do mundo. E desde então ele permaneceu só, livre, aguardando a morte. E segue vagando, vagando por toda parte... Você está vendo, ele já se tornou uma sombra e assim será eternamente! Ele não entende nem a fala dos homens, nem seus atos, nada. Somente procura, e anda, anda... Ele não tem vida, mas a morte não sorri para ele. E não há lugar para ele entre as pessoas... E foi assim que este homem foi punido por sua arrogância."

A velha suspirou e calou-se; a cabeça caíra sobre o peito, balançando estranhamente por um tempo.

Olhei para ela. Parecia-me que a velha fora vencida pelo sono, e por algum motivo fiquei extremamente compadecido por ela. Ela contara o final da história num tom elevado. grandioso, mas que mesmo assim soava amedrontado e servil.

À beira-mar começaram a cantar uma estranha canção. Primeiro irrompeu um contralto, que cantarolou duas ou três notas; depois ouviu-se outra voz, que retomou a canção do início, enquanto a primeira voz seguia em frente... Uma terceira, uma quarta e uma quinta voz aderiram à canção nesta mesma ordem. Subitamente, um coro de vozes masculinas pôs-se a cantar a mesma música, novamente do princípio.

A voz de cada mulher soava completamente distinta das demais, todas pareciam uma corrente colorida que, como que fluindo de alto a baixo em cascatas, saltitando e tilintando, desaguava na volumosa onda de vozes masculinas que harmoniosamente vertiam para cima e mergulhavam nelas, desprendia-se delas, abafavam-nas e, novamente, uma após a outra, as vozes erguiam-se, claras e fortes pelo ar.

O som das ondas escondia-se por trás das vozes...

II

Você já ouviu em algum lugar cantarem desse jeito? — perguntou Izerguil, levantando a cabeça e sorrindo com sua boca desdentada.

— Não, nunca ouvi...

— E nem vai ouvir. Nós adoramos cantar. Só as pessoas bonitas podem cantar bem; pessoas bonitas, que amam a vida. Nós amamos a vida. Imagine só, não estarão cansados de trabalhar o dia inteiro aqueles que estão cantando ali? Trabalharam do amanhecer até o anoitecer. Mal saiu a lua e já estão cantando! Os que não sabem viver já estariam deitados. Já aqueles para quem a vida é boa cantam.

— Mas a saúde… — comecei eu.

— Saúde sempre tem de sobra na vida. Saúde! Você por acaso se tivesse dinheiro não iria gastá-lo? A saúde é como o ouro. Você sabe o que eu fazia quando era jovem? Eu tecia tapetes do amanhecer até o anoitecer, quase sem me levantar. Eu, que era viva como um raio de sol, tinha que ficar sentada sem me mexer, como uma pedra. E às vezes ficava sentada até que todos os meus ossos estalassem. Mas quando chegava a noite, eu corria para o meu amado e nos beijávamos. E foi assim por três meses, enquanto havia amor: naquela época, passava todas as noites com ele. E com tudo isso tive fôlego para viver até hoje. E como amei! Quantos beijos dei e recebi…!

Olhei para o rosto dela. Seu olhos negros continuavam opacos: mesmo as lembranças não os reavivavam. A lua iluminava seus lábios secos e rachados, seu queixo pontiagudo coberto de pelos grisalhos e seu nariz enrugado, curvo como o bico de uma coruja. Sob as maçãs do rosto havia duas covas escuras, e em uma delas crescia uma mecha de pelos acinzentados escapando por baixo de um trapo vermelho que envolvia sua cabeça. A pele de seu rosto, de seu pescoço e de seus braços era coberta de rugas, e a cada movimento da velha Izerguil podia-se esperar que toda esta pele ressecada se despedaçasse, se desfizesse em pedaços e que diante de mim surgisse um esqueleto, nu, com os olhos negros e turvos.

Ela recomeçou a falar com sua voz estalada:

— Eu morava com minha mãe nos arredores de Falmi, bem às margens do Byrlat. Eu tinha quinze anos quando ele apareceu em nossa pequena propriedade. Ele era tão alto, tão esbelto, tão alegre, de bigodes negros. Estava sentado no barco quando gritou bem alto para nós na janela: "Ei, vocês não teriam um pouco de vinho... e algo para comer?". Olhei pela janela, por entre os ramos dos freixos, e vi o rio, refletindo a luz azulada do luar, e ele, de camisa branca, com uma larga cinta amarrada desleixadamente nos quadris, um pé no barco e outro na margem. Balançava de um lado a outro e cantava alguma coisa. Quando me viu, disse: "Mas veja só que beldade mora aqui! E eu não sabia disso". Como se além de mim ele já conhecesse todas as beldades! Dei a ele vinho e carne de porco cozida... E depois de quatro dias me entreguei a ele por inteiro... Passeávamos de barco eu e ele sem parar pelas noites. Ele chegava e assobiava baixinho, como um *súslik*, e eu pulava da janela como um peixe, em direção ao rio. E partíamos... Ele era pescador, no rio Prut, e depois, quando minha mãe ficou sabendo de tudo e me espancou, ele me convenceu a fugir com ele para a Dobruja e mais além, para o delta do Danúbio. Mas então eu já não gostava mais dele; só sabia cantar e beijar, nada além disso! Já me cansara daquilo. Naquela época, bandos de *hutsuls*[2] vagavam pela região, eles tinham amantes por lá... Aqueles sabiam se divertir. A pobre coitada ficava esperando seu rapagão dos Cárpatos, achando que ele já tinha ido parar na cadeia ou que tinha sido morto em alguma briga, quando de repente ele reaparecia, como

---

[2] Pequeno grupo étnico ucraniano que habita a região dos Cárpatos.

que caído do céu, às vezes com dois ou três companheiros. E trazia ricos presentes: eles, afinal, conseguiam tudo facilmente! Banqueteavam-se, e ele se gabava dela para seus amigos. E ela adorava tudo aquilo. Eu mesma pedi a uma amiga, que já tinha o seu *hutsul*, que me apresentasse a eles… Como ela se chamava? Já me esqueci… Comecei a me esquecer de tudo agora. Depois de todo esse tempo, você se esquece de tudo! Ela me apresentou a um dos rapazes. Era bonito… Ruivo, todo ruivo, os cabelos e até o bigode! Uma cabeça cor de fogo. E era tão triste; às vezes meigo, às vezes urrava e brigava como um animal. Uma vez me bateu no rosto… E eu pulei em seu peito como um gato e cravei os dentes em sua bochecha… Desde então ele ficou com uma covinha na bochecha e ele adorava quando eu a beijava…

— E onde se meteu o pescador? — perguntei eu.

— O pescador? Bom, ele… se juntou a eles, aos *hutsuls*. Primeiro tentou me convencer, fez ameaças de me jogar na água, mas foi só, juntou-se a eles e arranjou outra… Os dois foram enforcados, juntos, o pescador e esse *hutsul*. Eu fui assistir quando eles foram enforcados. Foi na Dobruja. O pescador seguiu para a execução pálido, chorando, enquanto o *hutsul* fumava cachimbo. Ia andando e fumando, com as mãos nos bolsos, um lado do bigode caindo sobre o ombro, o outro pendendo sobre o peito. Quando me viu, tirou o cachimbo da boca e gritou: "Adeus…". Chorei sua morte por um ano inteiro. É…! E isso foi justo quando eles queriam voltar para os Cárpatos. Fizeram a despedida na casa de um romeno, e lá foram pegos. Só os dois. Alguns foram mortos e os outros fugiram… Mas o romeno, mesmo assim, teve o que merecia depois... Puseram fogo na sua propriedade, no moinho e nos grãos. Virou um mendigo.

— Você fez isso? — perguntei ao acaso.

— Os *hutsuls* tinham muitos amigos, eu não estava sozinha... Os melhores amigos é que organizam os funerais entre eles...

À beira-mar as canções já silenciavam e agora apenas o ruído das ondas ecoava as palavras da velha, um som contemplativo, porém conturbado, secundando gloriosamente aquela história de uma vida conturbada. A noite tornava-se mais e mais suave, e cada vez mais se espalhava nela a luz azul do luar, enquanto os vagos sons da atarefada vida de seus habitantes invisíveis iam silenciando, abafados pelo rumor ascendente das ondas... O vento aumentara.

— Amei depois um turco. Ele tinha um harém em Scutari. Por uma semana foi bom... Mas depois me cansei... só mulheres e mais mulheres... Ele tinha oito delas... O dia inteiro comiam, dormiam e falavam bobagens... Ou brigavam, cacarejando como galinhas... Já era mais velho esse turco, era quase todo grisalho. Homem importante, rico. Falava como patrão... Tinha olhos negros... Olhos penetrantes... Com eles enxergava a sua alma. Gostava muito de rezar. Eu o conheci em Bucareste... Andava pelo mercado como um rei, com ares de importância. Sorri para ele. Naquela mesma noite me apanharam na rua e me levaram até ele. Ele vendia sândalo e palmeiras, mas viera a Bucareste comprar algo. "Você vem comigo", ele disse. "Vou, vou sim". "Muito bem". E fui. Era rico aquele turco. Já tinha um filho, um menino negrinho, todo ágil... De dezesseis anos. E eu fugi do turco com ele... Fugi para a Bulgária, para Lom Palanka... Lá uma búlgara me deu uma facada no peito por causa do seu noivo ou marido, já não me lembro.

— Passei um bom tempo me recuperando num monastério. Um convento. Uma moça tomava conta de mim, uma polonesa... e de um outro monastério, creio que perto de Artser Palanka, vinha visitá-la o irmão, também um mongezinho... Era... como um verme, se contorcendo na minha frente... E quando eu me curei, fugi com ele... para a tal Polônia dele.

— Espere...! E onde foi parar o pequeno turco?

— O menino? Morreu, o menino. De saudade de casa ou de amor... começou a definhar, como uma arvorezinha enfraquecida que pegara sol demais... e definhava, definhava... eu me lembro dele deitado, já pálido, meio azulado até, como um bloco de gelo, mas ainda queimando de paixão... Continuava me pedindo para beijá-lo... E eu o beijava, o amava, eu me lembro... Depois ele piorou muito, quase não se movia. Ficava deitado, pedindo como um mendigo miserável que eu me deitasse ao lado dele para aquecê-lo. Eu me deitava. E bastava que eu me deitasse para ele se aquecer por inteiro. Um dia eu acordei e ele já estava frio... morto... Chorei por ele. Quem sabe fui eu mesma que o matei. Eu na época já tinha o dobro da idade dele. E era tão forte, tão viva... E ele, o que era...? Um menino...!

Ela suspirou e, pela primeira eu a vi fazendo o sinal da cruz, três vezes, sussurrando algo com seus lábios secos.

— Então, você tinha partido para a Polônia... — lembrei.

— Ah, sim... Com aquele polaquinho. Ela era ridículo, infame. Quando precisava de uma mulher, vinha até mim como um gato e de sua língua fluía como que um mel cálido; mas quando ele não me queria, me agredia com as palavras como se fosse com um chicote. Uma vez, enquanto íamos andando pela margem de um rio, aquele orgulhoso ia me ofendendo. Ah, como eu me irritei! Eu queimava de ódio! Peguei o braço dele e o levantei como se fosse uma criança. Ele era pequeno. Apertei as costelas de tal forma que ele ficou todo azul. Depois ergui os braços e o joguei da margem para dentro do rio. Ele gritava. Gritava de um jeito engraçado. E eu olhava para ele lá de cima enquanto ele se debatia lá embaixo, na água. Então fui embora. E nunca mais o encontrei. Fico feliz por isso: nunca encontrei mais tarde alguém que eu tivesse amado um dia. São encontros desagradáveis, como se fosse com um defunto.

A velha calou-se, suspirando. Eu tentava imaginar as pessoas que ela ressuscitara. O *hutsul* ruivo, de cabeça vermelha e bigodudo, caminhando para a morte e fumando calmamente seu cachimbo. Tinha certamente olhos frios, azuis, que olhavam para tudo concentrada e firmemente. E ao lado dele o pescador do rio Prut com seus bigodes negros, chorando por não querer morrer, e em seu rosto, pálido pela melancolia que antecede a morte, seus olhos se apagando, e seus bigodes, molhados de lágrimas, pendendo dos cantos de sua boca retorcida. E também ele, o velho e importante turco, certamente um déspota fatalista, e ao lado dele seu filho, flor pálida e frágil do Oriente, envenenada por tantos beijos. E ainda o vaidoso polonês, galante e cruel, eloquente e frio... E todos eles eram apenas pálidas sombras, enquanto aquela que os beijara estava sentada ao meu lado, viva, e no entanto ressecada pelo tempo, sem corpo, sem sangue, sem vontade no coração, sem fogo no olhar; também quase uma sombra.

Ela continuou:

— Na Polônia as coisas ficaram difíceis para mim. Lá moram pessoas frias e mentirosas. Eu não conhecia aquela língua de cobras. Parece que sibilam... O que tanto sibilam? Foi Deus quem deu a eles essa língua de cobras, por serem tão mentirosos. Eu vagava naquela época por lá, sem saber aonde ir, e vi que eles pretendiam se rebelar contra vocês russos. Cheguei à cidade de Bochnia. Lá um judeu me comprou; não para si, mas para me negociar. Eu concordei com ele. Para sobreviver é preciso saber fazer alguma coisa. Eu não sabia fazer nada e paguei por isso desta forma. Mas eu achava na época que se eu conseguisse um pouco de dinheiro para voltar ao Byrlat eu poderia romper as correntes, já que elas nem eram assim tão fortes. E fiquei morando por lá. Ricos senhores vinham banquetear-se comigo. E isso custava caro. Brigavam por mim, gastavam todo o seu dinheiro. Um deles insistiu durante muito tempo e veja só o que fez uma vez: chegou seguido de um criado, que segurava um saco. O senhor então pegou nas mãos aquele saco e o virou sobre minha cabeça. Eram moedas de ouro, que choviam sobre minha cabeça, e eu me alegrava de ouvir o som delas caindo no chão. E mesmo assim eu o rejeitei. Ele tinha um rosto gordo, úmido, e uma barriga que parecia um grande travesseiro. Tinha um ar de porco bem alimentado. Eu o rejeitei, sim, embora ele dissesse que venderia todas as suas terras, suas casas, seus cavalos, tudo para me cobrir de ouro. Eu na época amava um honrado senhor, de rosto retalhado. Seu rosto fora cortado de um lado a outro pelo sabre dos turcos, contra quem havia pouco lutara em favor dos gregos. Que homem...! O que ele queria com os gregos se era polonês? Mas ele foi, e lutou com eles contra o inimigo. Por conta do golpe perdera um olho e também dois dedos da mão esquerda... O que ele queria com os gregos se era polonês? Eu sei: ele adorava proezas. E quando um homem ama proezas, ele sabe sempre alcançá-las, encontrá-las. Na vida, fique sabendo, sempre há lugar para proezas. E aqueles que não as procuram para si são simplesmente preguiçosos ou maricas, ou então não entendem a vida, porque, se entendessem a vida, iriam querer deixar nela sua marca. E então a vida não iria devorá-las sem deixar sinal... Ah, mas esse, o retalhado, era uma boa pessoa! Estava pronto para ir aos confins do mundo para fazer algo. Certamente os seus o mataram na época do levante. E para que vocês foram lutar com os húngaros? Não, não, cale-se...!

E ao mandar me calar, a idosa Izerguil repentinamente calou-se ela própria, perdida em pensamentos.

— Eu conheci um húngaro também. Um dia ele sumiu, no inverno, e foi só na primavera, quando a neve já derretia, que o acharam no campo, com uma bala na cabeça. Desse jeito! Você está vendo? Se alguém fosse contar, veria que o amor pode destruir tantas vidas quanto a peste... Mas do que eu estava falando? Da Polônia... É, foi lá que eu tive minha última aventura. Conheci um nobre polonês... E como era bonito aquele diabo! Eu então já era velha, é, velha! Será que eu já tinha uns quarenta anos? Talvez fosse isso... E ele era orgulhoso, mimado pelas mulheres. Mas eu me afeiçoei a ele... sim. Ele queria me tomar de uma vez, mas eu não cedi. Nunca fui escrava de ninguém. Com o judeu já havia acabado tudo, eu rendera muito dinheiro a ele... Já morava em Cracóvia. Naquela época eu tinha de tudo: cavalos, ouro, servos... Ele veio até mim, aquele demônio orgulhoso, querendo de qualquer maneira que eu me jogasse em seus braços. Discutíamos... Eu me lembro de ter até começado a ficar feia por conta disso. Aquilo se arrastou por muito tempo... E eu consegui: ele me implorou de joelhos... Mas nem mal pegou, já largou. Foi então que eu vi que estava velha... Ai, não foi fácil! E como não foi fácil...! E eu o amava, aquele diabo... mas ele ria quando se encontrava comigo... como era infame! Caçoava de mim pelas costas, mas eu sabia. Enfim, foi duro para mim, devo dizer! Mas ele estava sempre por perto, e eu, mesmo depois de tudo isso, o admirava. E quando ele partiu para combater vocês russos, tive náuseas. Tentei superar tudo aquilo, mas não consegui. E decidi ir atrás dele. Ele estava próximo de Varsóvia, na floresta.

— Mas quando cheguei, fiquei sabendo que eles já tinham sido derrotados pelos seus... e que ele fora levado como prisioneiro, para uma aldeia perto dali.

"Quer dizer", pensei eu, "que eu não o verei mais!".

Mas eu queria vê-lo. E então comecei a tentar encontrá-lo... Vesti-me como uma mendiga, fingi ser manca e, com o rosto encoberto, fui para a aldeia onde ele estava. Havia cossacos e soldados por todo lado... como me custou caro ir até lá! Descobri onde estavam os poloneses e vi que seria difícil chegar lá. Mas eu tinha que chegar. Então, de madrugada me aproximei, me arrastando, do lugar em que eles estavam. Fui me arrastando por uma horta, por entre os canteiros e vi que havia uma sentinela no meu caminho... Eu já ouvia os poloneses cantando e falando alto. Cantavam alguma canção... sobre a virgem... E ele também cantava... meu Arkadek. Doeu-me pensar que antes se arrastavam atrás de mim... mas agora chegara a hora em que eu me arrastava por um homem como uma cobra pelo chão, talvez mesmo em direção a minha morte. A sentinela já ouvira algo, curvava-se para a frente. Perguntou o que eu queria. Levantei-me do chão e fui até ele. Eu não tinha sequer uma faca, nada além de minhas mãos e de minha língua. Lamentei não ter levado uma faca. Sussurrei: 'Espere...!'. Mas o soldado já encostava a baioneta na minha garganta. Murmurei a ele: "Não me machuque, espere, por favor, se você tem coração! Não posso dar nada a você, mas peço por favor..." Ele abaixou a arma, e também num sussurro me disse: "Vá embora, vovó! Vá! O que você quer?" Disse a ele que meu filho estava preso lá dentro... "Você entende, soldado, é meu filho! Você também é filho de alguém, não é? Então olhe para mim: meu filho é como você e veja onde ele está! Deixe-me vê-lo, pode ser que ele morra logo... pode ser que matem você mesmo amanhã... e aí sua mãe choraria por você, não é? E não seria difícil morrer sem ter visto sua mãe uma última vez? Para meu filho também seria difícil. Tenha dó de si mesmo, e dele, e de mim, que sou mãe!"

"Ah, e por quanto tempo conversei com ele! A chuva caía, molhando-nos. O vento uivava, urrava, castigando-me ora as costas, ora o peito. Eu de pé, cambaleando em frente àquele soldado de pedra... E ele continuava dizendo 'não!' E a cada vez que eu ouvia aquela palavra gélida, com ainda mais força queimava em mim o desejo de vê-lo, ver Arkadek... Eu media o soldado com os olhos enquanto falava: ele era pequeno, seco e só tossia. E então eu caí no chão diante dele, segurando-o pelos joelhos e, ainda suplicando com palavras emocionadas, derrubei o soldado no chão. Ele caiu na lama. Então eu o virei rapidamente com o rosto para baixo e enfiei a cabeça dele numa poça, para que não gritasse. Ele não gritou, apenas se debateu, tentando me tirar de cima de suas costas. Mas eu com as duas mãos meti a cabeça dele ainda mais fundo na lama. E ele se asfixiou... Eu então me lancei na direção do celeiro, em que cantavam os poloneses. 'Arkadek...!', murmurava eu por uma fenda na parede. São sagazes esses poloneses: mesmo tendo me ouvido, não pararam de cantar. Então vi seus olhos diante dos meus. 'Você consegue sair daqui?' 'Sim, pelo chão!', disse ele. 'Bom, então venha'. Quatro deles saíram se arrastando por debaixo daquele celeiro: três quaisquer e o meu Arkadek. 'Onde está a sentinela?', perguntou Arkadek. 'Ali deitado...!'. E fomos andando bem baixinho, inclinados quase até o chão. Chovia, e o vento uivava alto. Saímos da aldeia e por muito tempo andamos em silêncio pela floresta. Caminhávamos depressa. Arkadek segurava minha mão, enquanto a dele tremia, quente. Ai... Era tão bom estar com ele, quando ele se calava. Estes foram os últimos bons minutos de minha vida miserável. Então chegamos ao prado e paramos. Todos me agradeceram, os quatro. Ai... ficaram por um bom tempo me dizendo coisas! Eu ouvia, olhando para o meu senhor. O que ele faria comigo? Ele então me abraçou e me disse algo muito importante... Não me lembro do que ele me disse, mas queria afinal dizer que ele, em agradecimento por eu tê-lo libertado, agora iria me amar... E ficou de joelhos diante de mim, sorrindo, e me disse: 'minha rainha!' Veja só que cão mentiroso era aquele...! Pois é, e aí então eu dei um pontapé nele e bati no rosto dele. Ele se afastou e deu um salto. Ficou parado diante de mim, ameaçador, pálido... E os outros três também, todos carrancudos. Calados. Eu olhava para eles... E me lembro de então ter apenas me cansado muito daquilo e de uma grande preguiça ter recaído sobre mim... Disse para eles: 'Vão!' E aqueles cães me perguntaram: 'Você vai voltar para lá, para dizer para onde fomos?'. Veja só que infames! Bom, mas eles foram embora assim mesmo. Depois eu também fui... E no dia seguinte os seus me apanharam, mas logo me soltaram. Eu então percebi que estava na hora de fazer um ninho, parar de viver como um cuco, sem um lar. Já me sentia pesada, as asas enfraquecidas, despenada. Estava na hora, estava na hora! Fui então para a Galícia e de lá para a Dobruja. Aqui já estou morando há quase trinta anos. Tinha um marido, um moldavo. Morreu faz um ano. Mas vou vivendo! Sozinha... Não, sozinha não. Com eles ali.

A velha apontou com a mão para o mar. Lá tudo estava em silêncio. Às vezes surgia algum som breve, ilusório, que morria imediatamente.

— Eles me amam. Conto a eles as mais diversas coisas. Eles precisam disso. São todos jovens ainda... Sinto-me bem com eles. Olho e penso: "Houve um tempo em que eu também fui assim... Só que na minha época os homens tinham mais força, mais vida, e por isso se vivia melhor, com mais alegria... É...".

Calou-se. Eu me sentia triste ao lado dela. Ela cochilava, balançando a cabeça, e sussurrava algo em voz baixa... Talvez orasse.

Do mar ergueu-se uma grande nuvem, negra, pesada e de contornos ameaçadores, semelhante a uma cadeia montanhosa. Arrastou-se em direção à estepe e do alto dela desprendiam-se pedaços de nuvens. Voavam à frente dela, encobrindo as estrelas uma após a outra. Ouvia-se o ruído do mar. Perto de nós, entre as videiras, soavam beijos, sussurros e suspiros. Nas profundezas da estepe, um cão uivava... O ar excitava os nervos com um odor estranho, fazendo cócegas nas narinas. Das nuvens projetavam-se sobre a terra espessos blocos de sombras, que rastejavam sobre ela, desaparecendo e aparecendo novamente... No lugar da lua, restava apenas uma mancha difusa como uma opala, às vezes encoberta por completo por pedaços acinzentados de nuvens. E na vastidão da estepe, agora já escura e assustadora, como se ocultasse, escondesse algo dentro de si, acendiam-se pequenas chamas azuladas. Ora aqui, ora acolá, elas apareciam e sumiam em um instante, como se diversas pessoas, espalhando-se pela estepe e afastando-se umas das outras, procurassem algo nela, com fósforos acesos que o vento imediatamente apagava. Eram línguas de fogo azuis, muito estranhas, que remetiam a algo fabuloso.

— Está vendo aquelas labaredas? — perguntou Izerguil.

— Aquelas ali, azuis? — disse eu, apontando para a estepe.

— Azuis? Isso, elas mesmo... Parece que flutuam, não é? Pois é... Eu não as vejo mais. Agora eu já não enxergo muita coisa.

— De onde vêm essas labaredas? — perguntei à velha.

Eu já ouvira antes algo a respeito da origem dessas chamas, mas queria ouvir como contaria a mesma história a velha Izerguil.

— Essas labaredas são do coração incandescente de Danko. Houve uma vez sobre a terra um coração que irrompeu em chamas... Dele vieram essas labaredas. Eu vou lhe contar sobre isso... É outra história antiga... Antigo, tudo é antigo! Você vê quanta coisa há de antigamente...? Hoje em dia não sobrou nada disso, nem as coisas, nem as pessoas, nem histórias como essas de antigamente... Por quê...? Diga-me, hein! Não diga nada... O que você sabe? O que vocês jovens sabem? Hehe...! Se prestassem atenção nos velhos tempos, achariam todas as respostas... Mas não prestam, não aprendem nada com eles... Por acaso eu não vejo as coisas da vida? Ah, eu vejo sim, embora meus olhos sejam ruins!

Eu vejo que as pessoas não vivem, só fazem mais e mais planos e nisso vai a vida inteira. E quando tiverem desperdiçado tudo nessa perda de tempo irão reclamar do destino. E o que é afinal o destino? Cada um faz o seu destino! Hoje em dia vejo todo tipo de pessoa, mas os fortes eu não vejo mais! Onde é que eles estão...? Até gente bonita se vê cada vez menos.

A velha pôs-se a meditar a respeito do paradeiro das pessoas fortes e belas e, enquanto pensava, examinava a estepe escura, como se nela procurasse a resposta.

Esperei pelo conto em silêncio, temendo que ela novamente se distraísse se eu perguntasse alguma outra coisa.

Então, ela começou a contar.

III

"Viveu outrora sobre a terra um povo, cujo vilarejo era rodeado por uma intransponível floresta, com exceção de um lado, que dava para a estepe. Era um povo alegre, forte e corajoso. Até que se abateram sobre eles dias difíceis: de algum lugar surgiram tribos estranhas, que os expulsaram para as profundezas da floresta. Lá, havia pântanos e escuridão, pois a floresta era tão velha e seus ramos eram tão densamente entrelaçados que nem se podia ver o céu através deles, e os raios de sol mal podiam abrir caminho pela espessa folhagem que recobria os pântanos. E quando os raios de luz batiam nas águas pantanosas, delas subia uma fedentina que fazia as pessoas perecerem, uma após a outra. Então as mulheres e as crianças da tribo punham-se a chorar, enquanto os homens, pensativos, caíam em nostalgia. Era preciso sair daquela floresta, e para isso havia dois caminhos: um para trás, onde estavam seus inimigos, fortes e cruéis; o outro adiante, onde havia árvores gigantescas, que se abraçavam fortemente umas às outras com seus poderosos galhos, lançando suas nodosas raízes no viscoso lodo do pântano. Essas árvores de pedra erguiam-se silenciosas e imóveis durante o dia, na penumbra acinzentada, e cercavam ainda mais estreitamente as pessoas durante a noite, quando ardiam as fogueiras. E sempre, dia e noite, ao redor dessas pessoas, acostumadas à imensidão da estepe, havia como que um círculo de densas trevas prestes a esmagá-las. Temiam mais ainda quando o vento batia no alto das árvores e a floresta inteira produzia um silvo silencioso, como se entoasse ameaçadoramente para elas uma canção fúnebre. Era ainda assim um povo forte, que podia retornar e lutar até a morte com a tribo que uma vez o derrotara; mas eles não podiam morrer em combate, pois tinham princípios, e, caso perecessem, seus ensinamentos desapareceriam com eles. Por isso ficavam sentados, pensando por longas noites, sob os sons abafados da floresta, envoltos pelo venenoso odor pantanoso. Permaneciam sentados, as sombras projetadas pelas fogueiras saltando ao redor deles numa dança silenciosa; mas a todos parecia que não eram sombras saltitantes, mas sim os maus espíritos da floresta e do pântano que celebravam... E ficavam apenas sentadas, pensando. Mas nada, nem o trabalho, nem as mulheres pode extenuar o corpo e o espírito dos homens como o podem os pensamentos melancólicos. E eles se enfraqueciam por conta desses pensamentos. O medo crescia neles, paralisava seus braços fortes. O terror brotava do pranto das mulheres, dos corpos dos que morreram e do destino dos vivos, imobilizados pelo medo, e na floresta já se ouviam palavras de covardia, primeiro acanhadas, silenciosas, depois mais e mais altas... Pensavam até mesmo em voltar-se para o inimigo e ofertar a eles sua própria liberdade, já que, por medo da morte, nenhum deles ainda temia a vida de escravo. Mas então surgiu Danko e salvou a todos sozinho."

A velha, pelo visto, contava frequentemente a história do coração em chamas de Danko. Falava melodiosamente, e sua voz, áspera e abafada, delineava com clareza diante de mim os sons da floresta em meio à qual morriam, por conta do hálito venenoso do pântano, aquelas pessoas infelizes, acuadas...

"Danko era uma daquelas pessoas, jovens e belas. Os belos são sempre corajosos. Ele então disse a seus companheiros:

— Pensar não vai mover uma pedra do nosso caminho. Aquele que não faz nada não ficará com nada. Para quê perdermos nosso tempo com divagações e nostalgia? Ergam-se, vamos atravessar a floresta, ela tem que ter um fim: tudo no mundo tem um fim! Vamos, então! Eia!

Olharam para ele e viram que ele era o melhor dentre eles, pois em seus olhos brilhavam uma grande força e um fogo vivo.

— Guie-nos! — disseram eles.

E ele então os guiou..."

A velha calou-se e fitou a estepe, onde as trevas se adensavam. As pequenas labaredas do coração incandescente de Danko ardiam a uma certa distância, parecendo mágicas flores azuis que floresciam por um breve instante.

"Danko os guiou. Seguiam-no de boa vontade, confiavam nele. Que caminho difícil! Havia muita escuridão, e a cada passo o pântano escancarava sua voraz boca pútrida para engolir as pessoas, enquanto as árvores bloqueavam o caminho como uma poderosa muralha. Seus galhos se entrelaçavam, suas raízes se estendiam como cobras por todos os lados e cada passo custava muito suor e muito sangue daquelas pessoas. Andaram por muito tempo... A floresta adensava-se cada vez mais e eles tinham cada vez menos forças! Começaram então a queixar-se de Danko, dizendo que ele, jovem e inexperiente, em vão os guiara até ali. Mas ele seguia à frente, animado e tranquilo.

Em certo momento, então, uma tempestade irrompeu sobre a floresta e as árvores puseram-se a murmurar silenciosa e terrivelmente. A floresta tornou-se então tão escura que foi como se subitamente todas as noites que já existiriam desde que nasceu o mundo tivessem ali se reunido. As pessoas andavam, pequenas, em meio às grandes árvores e aos ameaçadores estrondos dos raios e, balançando, as gigantescas árvores rangiam, gemendo uma canção furiosa, enquanto os raios, voando por sobre o topo das árvores, iluminavam a floresta a cada segundo com um frio fogo azulado, que sumia tão rapidamente quanto aparecera, assustando as pessoas. As árvores, iluminadas pelo gélido brilho dos raios, pareciam vivas, circundavam as pessoas, que fugiam das garras daquela escuridão disforme, de braços longos a tecer uma grossa teia para contê-los. E das trevas, em meio aos galhos, algo terrível, sombrio e frio observava os que caminhavam. Era um caminho difícil, e as pessoas, extenuadas por ele, caíam em desânimo. Mas tinham vergonha de reconhecer sua impotência, e por maldade e por ódio voltaram-se contra Danko, o homem que ia adiante deles. E puseram-se a acusá-lo de ser incapaz de conduzi-los: justo disso!

Pararam e, sob o ruído triunfal da floresta, envoltos nas trevas vacilantes, exaustos e ferozes, puseram-se a julgar Danko.

— Você — disseram eles — é uma pessoa insignificante e nociva para nós! Você nos guiou e nos exauriu, e por isso morrerá!

— Vocês disseram: 'Guie-nos'. E eu os guiei — gritou Danko, colocando-se diante deles de peito aberto. — Eu tenho coragem para guiar, e por isso eu os guiei! E vocês? O que fizeram para ajudar? Ficaram apenas vagando, sem reunir forças para tomar o caminho mais longo! Ficaram vagando, como um rebanho de ovelhas!

Estas palavras os enfureceram ainda mais.

— Você morrerá! Você morrerá! — bradavam eles.

A floresta uivava cada vez mais, ecoando os gritos, enquanto relâmpagos rasgavam as trevas em pedaços. Danko olhava para aquelas pessoas, pelas quais ele assumira aquela tarefa, e viu que elas pareciam animais. Uma multidão o cercava, mas não havia dignidade alguma em seus rostos e deles não se podia esperar clemência alguma. Então em seu coração ferveu a indignação, mas por compaixão pelas pessoas ela se apagou. Ele amava aquelas pessoas e achava que sem ele elas possivelmente morreriam. Em seu coração então acendeu-se como um fogo a vontade de salvá-las, conduzi-las por um caminho suave, e em seus olhos cintilaram as chamas daquele poderoso fogo. Eles, vendo isto, pensaram que ele se enfurecera e que por isso seus olhos brilhavam tão intensamente e, acautelando-se, como lobos, esperavam que ele lutasse com eles; cercavam-no cada vez mais de perto, para que pudessem mais facilmente agarrar Danko e matá-lo. Ele já compreendera seus pensamentos, e por isso seu coração ardia mais e mais fortemente, pois aquela intenção despertara nele a tristeza.

A floresta continuava a entoar sua canção sombria; trovejava e a chuva escorria...

— O que eu farei por eles?! — gritou Danko, mais alto que os trovões.

E de repente ele rasgou com as mãos seu próprio peito e dele arrancou seu coração, levantando-o acima de sua cabeça.

Ele brilhava tão forte quanto o sol, mais forte do que o sol, e toda a floresta ficou em silêncio, iluminada por aquela grande tocha de amor aos homens. Sua luz dispersava as sombras, que, nas profundezas da floresta, sucumbiam às garras putrefatas do pântano. As próprias pessoas estavam petrificadas de assombro.

— Vamos! — gritou Danko, lançando-se adiante e segurando no alto o coração incandescente, com que iluminava o caminho para o povo.

Eles se lançaram atrás dele, fascinados. A floresta então voltou a produzir seus sons, o topo de suas árvores balançando assombrosamente. Mas o som era abafado pelo rumor dos pés das pessoas que corriam. Todos corriam velozmente, corajosamente, entusiasmados pelo espetáculo miraculoso do coração em chamas. Alguns ainda sucumbiam, mas agora tombavam sem lamúrias e sem lágrimas. E Danko seguia adiante, enquanto seu coração queimava, queimava!

Então, subitamente, a floresta abriu-se diante dele, ficando para trás, densa e muda; Danko e todo o povo imediatamente mergulharam naquele mar de luz solar e ar limpo, purificado pela chuva. A tempestade ficara para trás, na floresta, enquanto ali brilhava o sol, a estepe suspirava, as gotas de chuva brilhavam como diamantes na grama e o rio reluzia como ouro. Anoitecia, e à luz do ocaso o rio parecia vermelho, vermelho como o sangue que jorrava do peito retalhado de Danko.

O valente Danko contemplou diante de si a imensidão da estepe; contemplou alegremente aquela terra livre, sorrindo orgulhosamente. Depois, caiu e morreu.

Já o povo, alegre e cheio de esperança, não percebeu que ele morrera e que ao lado do corpo de Danko ainda ardia seu valente coração. Apenas um homem cuidadoso notou aquilo e, temendo algo, esmagou com o pé o altivo coração... Este, então, dissipou-se em faíscas e apagou-se..."

— E foi daí que surgiram essas labaredas azuis que aparecem na estepe antes de uma tempestade!

Agora que a velha tinha terminado de contar sua bela história, sobre a estepe recaíra um grande silêncio, como se também ela tivesse sido tocada pela força do bravo Danko, que ateara fogo a seu próprio coração para as pessoas, e morrera, sem exigir delas nada em troca. A velha cochilava. Eu olhava para ela e pensava: "Quantos outros contos e quantas outras lembranças não haverão restado em sua memória?". Pensava ainda no grandioso e flamejante coração de Danko e na imaginação humana, capaz de inventar lendas tão fortes e tão belas.

O vento soprava, levantando os andrajos que protegiam o peito ressecado da velha Izerguil, que dormia cada vez mais profundamente. Cobri seu corpo idoso e deitei-me no chão ao lado dela. A estepe cobria-se de escuridão e silêncio. As nuvens continuavam a deslizar pelo céu, lentas e enfadonhas. O mar produzia um som difuso e triste.

MAKAR TCHUDRÁ

Do mar soprava um vento úmido e frio, espalhando pela estepe a silenciosa melodia do rumor das ondas se chocando contra a costa e do farfalhar dos arbustos litorâneos. De quando em quando, suas rajadas traziam consigo folhas murchas, amarelas e as lançavam dentro da fogueira, avivando as chamas. As trevas de uma noite primaveril nos rodeavam e, estremecendo, afastavam-se assustadamente, revelando por um momento a infinita estepe à esquerda, o infindável mar à direita e bem à minha frente a figura de Makar Tchudrá, um velho cigano. Vigiava os cavalos de seu acampamento, armado a uns quinze passos de nós.

Sem dar atenção às frias lufadas de vento que, penetrando em sua jaqueta, punham à mostra seu peito cabeludo, castigando-o impiedosamente, reclinou-se numa pose bela, forte, o rosto voltado para mim. Baforou metodicamente seu imenso cachimbo, soltou pela boca e pelo nariz espessas nuvens de fumaça e, com os olhos fixos em algum ponto além de minha cabeça na silenciosa escuridão da estepe, pôs-se a falar comigo sem parar e sem fazer um único movimento para se proteger dos golpes cortantes do vento.

— Quer dizer que você está viajando? Que bom! Você escolheu um destino glorioso, rapaz. E é assim que tem que ser: vá e veja as coisas. Feito isso, deite-se e morra. E pronto!

A vida? Os outros? — continuou ele, ouvindo ceticamente minha objeção ao seu "é assim que tem que ser". — Hehe! Para que isso? Será que em você mesmo já não há vida suficiente? As pessoas podem viver sem você e vão continuar vivendo sem você. Ou você acha que alguém precisa de você? Você não é pão, não é pau, ninguém precisa de você.

Aprender e ensinar, você diz. Mas você pode ensinar as pessoas a serem felizes? Não, não pode. Você primeiro envelheça, e aí diga que é preciso ensinar. Ensinar o quê? Cada um sabe bem do que precisa. Os mais espertos ficam com o que há, os mais estúpidos não ficam com nada, e cada um aprende sozinho...

São engraçados, esses seus. Amontoam-se e se espremem uns aos outros, e olhe quanto espaço há sobre a terra — e estendeu a mão sobre a amplitude da estepe. — E só trabalham. Para quê? Para quem? Ninguém sabe. Veja um homem arando a terra e pense: ele derrama suas forças sobre a terra, gota a gota de seu suor, e depois deita-se nela para nela apodrecer. Dele não sobra nada, não ganha nada com seu campo e morre como nasceu, um parvo.

E por acaso ele nasceu para ficar revolvendo a terra e depois morrer, sem conseguir sequer cavar uma sepultura para si mesmo? Ele conheceu a liberdade? Ou a vastidão da estepe? O rumor das ondas do mar consegue alegrar-lhe o coração? Ele é um escravo desde o dia em que nasceu e será um escravo pelo resto de sua vida e acabou! O que ele pode fazer quanto a isso? Pode se enforcar, se tomar um pouco de juízo.

Já eu, veja só, em cinquenta e oito anos vi tanta coisa, que se eu fosse colocar no papel nem em mil bolsas como essa sua você conseguiria guardar tudo. Você nem imagina, em cada canto que eu já estive! Nem imagina. Você não conhece esses lugares em que eu estive. É assim que se deve viver: caminhando, caminhando e acabou. Não fique muito tempo em um só lugar: o que há de especial nele? Assim como correm velozmente o dia e a noite, um após o outro ao redor da terra, corra você também, sem pensar, para a vida, antes que você deixe de amá-la. E se você hesitar muito vai deixar de amar a vida. É sempre assim. Até comigo aconteceu, hehe. Aconteceu, rapaz.

Eu fui preso, na Galícia. Por que viver?", eu pensava, enfastiado. E que enfado é a cadeia, rapaz, que enfado. E que tristeza tomava o meu peito quando eu olhava pela janela para o campo lá fora, que tristeza me apertava o coração. E quem é que diz para que serve a vida? Ninguém diz, rapaz! E não adianta ficar se perguntando. Viva e pronto. Vá andando, olhando para os lados e nenhuma tristeza vai pegar você. Eu naquela época por pouco não me enforquei com um cinto, veja só.

Haha! Eu costumava conversar com um homem. Um homem austero, um dos seus russos. Não se pode viver, dizia ele, como se quer, mas sim como está escrito na palavra de Deus. Seja temente a Deus, e Ele dará tudo o que você pedir. Mas ele mesmo estava todo roto, rasgado. Então eu disse para ele pedir para Deus uma roupa nova. Ficou irritado e me insultou, praguejando.

Sendo que até então dizia que era preciso perdoar as pessoas e amá-las. Então que me perdoasse se eu ofendi a sua piedade. Esse também era professor! Ensinam que se deve comer menos, mas eles mesmo comem dez vezes por dia.

Ele cuspiu na fogueira e calou-se, enchendo de novo o cachimbo. O vento soprava triste e silenciosamente, nas sombras os cavalos relinchavam e do acampamento flutuava uma terna e apaixonada canção de ninar. Quem a cantava era a bela Nonka, filha de Makar. Eu conhecia sua voz, de timbre grave e profundo e que soava sempre um tanto estranha, descontente e exigente, fosse ao cantar uma canção, fosse ao dizer "olá". Seu rosto, bronzeado e opaco, transmitia o gélido desdém de uma rainha, e em seus olhos castanho-escuros, cobertos por sombras, brilhavam a consciência de sua beleza irresistível e o desprezo por tudo que não fosse ela própria.

Makar me passou o cachimbo.

— Fume! Canta bem a moça, não é? Pois é! Você gostaria de que uma moça dessas amasse você? Não? Que bom! É assim que tem que ser. Não confie nas mulheres, mantenha-se longe delas. Acho melhor e mais gostoso beijar uma moça que fumar cachimbo, mas uma vez que você a beija, morre a força de vontade em seu coração. Ela amarra você junto a ela com algo invisível, você não consegue se soltar. E então você entrega a ela toda a sua alma. É verdade! Tome cuidado com as mulheres! Elas sempre mentem! Falam que amam você mais que qualquer coisa no mundo mas se você der um passo em falso elas partem seu coração.

Eu sei! Ah, eu sei muito bem! Mas então, rapaz. Quer que eu conte uma história? Mas guarde-a na memória! Guarde-a na memória e será livre como um pássaro a vida inteira.

"Viveu um dia no mundo Zobar, o jovem cigano Loiko Zobar. Conhecia toda a Hungria, toda a terra dos tchecos, toda a terra dos eslavos e tudo o que há ao redor do mar. Era bravo o pequenino! Não havia por aquelas bandas uma aldeia em que uns cinco ou seis moradores não tivessem jurado por Deus matar Loiko. Vivia por conta própria, e se um cavalo lhe agradasse, mesmo que se pusesse um batalhão de soldados vigiando esse cavalo ainda assim Zobar iria conseguir montá-lo! Hehe! Como se ele tivesse medo de alguém! Você poderia até trazer o próprio Satanás, com todo o seu séquito, que, se não enfiasse nele uma faca, Zobar certamente brigaria bem, isso se não desse logo em cada demônio um pontapé no focinho.

Todos os acampamentos o conheciam ou tinham ouvido falar dele. Ele amava apenas os cavalos, nada mais. Mas não os mantinha consigo por muito tempo. Cavalgava um pouco e já os vendia, deixando o dinheiro para quem quisesse. Não havia nada que ele não pudesse fazer: se você precisasse do coração dele, ele seria capaz de arrancá-lo de seu próprio peito para entregá-lo a você, só para fazer o seu bem. Veja só como ele era, rapaz!

Nosso grupo vagava naquele tempo pela Bucovina, isso há uns dez anos. Uma vez, numa noite de primavera, estávamos reunidos eu, o soldado Danilo, que lutara ao lado de Kossuth,[1] o velho Nur e todos os outros, além de Radda, a filha de Danilo.

Você conhece a minha Nonka, não é? Parece uma princesa! Mas com Radda nem a minha Nonka se compara! A Radda não se pode descrever com palavras. Talvez com uma canção ao violino se pudesse honrar tamanha beleza, mas somente se se tocasse com alma.

Ela conquistou o coração de muitos jovens corajosos, ah, foram muitos! Na Morávia um magnata, um velho de topete, deparou-se com ela e ficou petrificado. Ele estava montado no cavalo, olhando para ela e tremendo como se estivesse com febre. Estava todo arrumado, como se fosse um dia festivo: vestia um roupão nobre com costuras de ouro, um sabre todo coberto de pedras preciosas na cintura, que reluzia como um raio a cada vez que seu cavalo se movia, e um chapéu de veludo azul que parecia um pedaço do céu. Era um senhor importante o velho! Ficou olhando, olhando, até que disse para Radda: "Ei! Dê-me um beijo e eu dou uma bolsa de ouro a você". Mas ela se afastou, nada mais que isso! "Peço perdão se a ofendi, mas ao menos olhe para mim com mais carinho", disse o velho magnata, abaixando de repente o tom e jogando aos pés dela uma bolsa, e uma bolsa bem grande, meu amigo! Mas ela chutou a bolsa para a lama, como se não fosse nada de mais.

— Ora, ora, mas que moça! — disse ele com espanto, açoitando o cavalo e levantando nuvens de poeira no ar.

---

[1] Lajos Kossuth (1802—1894), herói nacional e fundador da primeira república da Hungria, desmantelada pela Áustria, com o auxílio de tropas russas, em 1849.

No outro dia apareceu novamente. "Quem é o pai dela?", sua voz ressoou como um trovão pelo acampamento. Danilo aproximou-se. "Venda sua filha para mim, peça quanto quiser!". Mas Danilo disse a ele: "Só os nobres vendem tudo, desde seus porcos até a própria consciência. Eu lutei com Kossuth, não faço negócio algum!". O outro, resmungando, fez menção de pegar o sabre, mas algum dos nossos enfiou uma tocha acesa no ouvido do cavalo, que saiu galopando. Levantamos acampamento e partimos. Depois de um ou dois dias, ele de novo nos alcançou! "Garanto", disse ele, "que diante de Deus e também de vocês minha consciência está limpa. Deem-me a mão da moça em casamento e eu irei dividir tudo que tenho com vocês. Sou muito rico!". Estava todo agitado e balançava na cela como uma árvore ao vento. Nós começamos a pensar.

— Bom, filha, é você quem decide! — disse Danilo entre os dentes.

— Se a águia decidisse ir por conta própria para o ninho do corvo, em que ela se transformaria? — perguntou-nos Radda.

Danilo gargalhou e todos nós o acompanhamos.

— Muito bem, filhinha! Ouviu, senhor? Não faremos negócio...! Procure uma pombinha, elas são mais dóceis.

E seguimos adiante. O tal senhor tirou o chapéu, atirou-o ao chão e pôs-se a galopar de tal forma que a terra tremeu. Assim era a Radda, rapaz!

Sim, sim! Certa vez, à noite, quando estávamos reunidos, ouvimos uma música ressoando pela estepe. E que bela música! O sangue fervia em nossas veias ao ouvi-la soando em todas as direções. Todos nós sentimos que, depois daquela música, poderíamos dizer que a vida valera a pena e que, por tê-la ouvido, seríamos reis do mundo inteiro, rapaz!

Então da escuridão irrompeu um cavalo, e sobre ele vinha sentado um homem que tocava, aproximando-se de nós. Parou junto da fogueira e, interrompendo a canção e sorrindo, olhou para nós.

—Ei, Zobar, então é você! — gritou Danilo alegremente. Então esse era Loiko Zobar!

Seus bigodes iam até os ombros, misturando-se às madeixas, seus olhos reluziam como duas estrelas brilhantes e seu sorriso era como o sol, juro por Deus! O cavalo e ele pareciam ter sido forjados com o mesmo pedaço de ferro. Erguia-se diante da luz avermelhada da fogueira e mostrava os dentes, sorrindo! Maldito seja eu se disser que já não o amava como a mim mesmo, talvez até antes que ele me dissesse uma única palavra ou que simplesmente notasse que eu também existia neste mundo!

É, rapaz, existem pessoas assim no mundo! Ele olha nos seus olhos e captura a sua alma, mas você não fica nem um pouquinho envergonhado por isso. Fica orgulhoso, isso sim. Perto de alguém assim você até mesmo vira uma pessoa melhor. Mas existem poucos desse tipo, meu amigo! Bom, talvez seja melhor assim. Se o mundo tivesse gente boa demais, eles nem seriam considerados tão bons assim. Pois é! Mas deixe-me continuar a história.

Até Radda disse: "Você, Loiko, toca bem! Quem é que fez para você um violino assim tão sonoro e delicado?". O outro riu. "Eu mesmo fiz! E não o fiz com madeira, mas sim com o peito de uma moça bem jovem que eu amei profundamente, e as cordas em que eu toco são feitas com o coração dela. O violino ainda está um pouco desafinado, sim, mas eu sei manusear bem o arco!"

Todos sabem que entre nós os homens sempre tentam ofuscar os olhos de uma moça, para que por causa deles uma chama se acenda não em seu peito, mas sim no da própria moça. E Loiko também tentou fazer isso. Mas com ela não deu certo. Radda afastou-se e, bocejando, disse: "E ainda diziam que Zobar era esperto e sagaz. Vejam só como as pessoas mentem!". E saiu andando.

— Ora, ora, moça bonita! Que língua afiada você tem! — disse Loiko, com os olhos brilhando, ao deslizar do cavalo. — Olá, amigos! Vim me reunir a vocês!

— Seja bem-vindo, convidado! — respondeu Danilo. Cumprimentamo-nos com um beijo, conversamos um pouco e fomos dormir... E dormimos profundamente. De manhã, percebemos que Zobar estava com a cabeça enfaixada com um pano. O que era aquilo? Fora seu cavalo que o machucara com o casco durante o sono.

Hahaha! Nós compreendemos quem era o tal cavalo e ficamos rindo às escondidas; até mesmo Danilo riu. Será que o Loiko não estava à altura da Radda? Mas claro que não! Por mais bonita que uma moça seja, se ela tiver um coração pequeno, mesmo que você pendure uma arroba de ouro no pescoço dela, ainda assim ela não vai ficar nem um pouquinho melhor que antes. Bom, mas vamos adiante!

Continuamos morando naquele lugar: os negócios na época iam bem e Zobar continuava conosco. Era um bom companheiro! Era sábio como um ancião, versado em tudo, entendia russo e húngaro. Se ele de repente começasse a falar, nós podíamos ficar um século ouvindo o que ele dizia, e sem pegar no sono! E como tocava! Que um raio me acerte se alguém no mundo tocar daquele jeito! Ele passava o arco pelas cordas e o coração pulava no peito; ele passava de novo e o coração morria de ouvir aquela música. E ele tocava sorrindo. Eu queria chorar e sorrir ao mesmo tempo quando eu o ouvia. E então era como se alguém gemesse amargamente, pedindo ajuda, e cravasse uma faca em seu coração! E parecia que a estepe contava histórias para o céu, tristes histórias. Ela chorava, qual moça a despedir-se de seu amado, que de longe gritava por ela. E de repente, veja! Uma canção vívida e livre ressoava como um trovão e o próprio sol subitamente punha-se a dançar pelo céu ao som de tal música! Era assim, rapaz!

Cada veia de seu corpo compreendia aquela canção e você se tornava completamente cativo dela. E se porventura Loiko então gritasse "às armas, companheiros!", todos nós pegaríamos em armas contra quem ele quisesse. Ele podia fazer tudo que quisesse com as pessoas, e todos o amavam, profundamente. Apenas a Radda não olhava para ele. E seria bom se fosse só isso: ela ainda ria dele. Ela feriu terrivelmente o coração de Zobar, terrivelmente! Rangendo os dentes e cofiando os bigodes, Loiko apenas olhava, os olhos mais escuros que um abismo, e por vezes algo brilhava neles de tal forma, que a alma estremecia. De madrugada Loiko ia longe pela estepe, e seu violino chorava até o amanhecer, chorava como se enterrasse a liberdade de Zobar. E nós ficávamos deitados, ouvindo e pensando: "O que fazer?". E sabíamos que, se duas pedras rolam uma em direção a outra, você não deve ficar entre elas ou então será esmagado. E foi assim que aconteceu.

Estávamos todos reunidos, falando de negócios. Começamos a nos cansar daquilo. Danilo então pediu a Loiko: "cante, Zobar, alguma música para nos alegrar a alma!" Ele lançou um olhar para Radda, que estava deitada olhando para cima, não muito longe dele, admirando o céu. E começou a tocar. O violino então pôs-se a falar, como se fosse realmente o coração de uma moça! E Loiko cantou:

> *Hei, hei! No peito há um fogaréu,*
> *e a estepe e a vastidão.*
> *Qual vento corre o meu corcel,*
> *quão firme é minha mão!*

Radda virou a cabeça e, erguendo-se, riu do cantor. Ele corou, como a aurora.

> *Hei, hei! Adiante, amigo meu!*
> *Adiante, a galopar!*
> *Na estepe coberta de breu,*
> *a aurora vai raiar!*
> *Hei-hei! De encontro ao dia vá*
> *alto no céu voar!*

*Mas não encubra ao chegar lá
o brilho do luar!*

E foi o que ele cantou! Ninguém mais canta daquele jeito hoje em dia! Mas Radda então disse, com a maior desenvoltura:

— Você não deveria voar tão alto, Loiko. Você pode de repente cair de cara no chão e bagunçar todo esse seu bigode... Tome cuidado. — Loiko olhou para ela enfurecido, mas não disse nada. O rapaz conteve-se e continuou cantando:

*Hei! E se o sol subindo for
e nós a dormitar
Hei! De vergonha e de pudor
havemos de queimar!*

— Isso é que é música! — disse Danilo. — Nunca ouvi uma canção como essa. Que o diabo me use como um cachimbo se eu estiver mentindo!

O velho Nur cofiou seus bigodes e encolheu os ombros, e todos nós nos deleitamos com a brava canção de Zobar! Somente Radda não gostou.

— Parece um mosquito zunindo, imitando o grito de uma águia — disse ela, como se jogasse neve em cima de nós.

— Você está querendo levar uma chicotada, Radda? — disse Danilo, avançando em direção a ela. Zobar, porém, lançou seu chapéu ao chão e disse, seu rosto enegrecido como a terra:

— Pare, Danilo! Em cavalo arredio deve-se colocar um freio de aço! Dê-me a sua filha em casamento!

— É assim que se fala! — disse Danilo sorrindo. — Tome-a, se você puder!

— Pois bem! — disse Loiko, voltando-se para Radda. — Você, moça, escute pelo menos um pouco do que vou dizer a você, e sem se vangloriar! Já vi muitas outras como você, ah, se já vi! Mas nenhuma tocou meu coração como você. Pois é, Radda, você roubou meu coração! Bom, o que tiver que ser, será... Não há cavalo rápido o suficiente para fazê-lo fugir de si mesmo...! Tomarei você por esposa diante de Deus, de minha consciência, de seu pai e de todas estas pessoas. Mas ouça: não contrarie a minha vontade! Sou um homem livre, e irei viver como eu quiser! E aproximou-se dela, os dentes cerrados e os olhos brilhando. Nós todos os observávamos, ele estendendo a mão para ela. Pensamos que ele afinal conseguiria colocar um freio naquele cavalo das estepes! Mas de repente percebemos que ele erguera os braços e caíra com um estrondo de cabeça no chão...!

Que prodígio era aquele? Parecia que uma bala tinha acertado o coração do rapaz. Mas na verdade Radda tinha enlaçado as pernas dele com o chicote, puxando-o depois em sua direção: por isso Loiko tinha caído.

Quando percebemos, ela estava novamente deitada, tranquila, rindo silenciosamente. Ficamos esperando o que iria acontecer a seguir, mas Loiko continuava sentado no chão, segurando a cabeça com as mãos, como se temesse que ela fosse explodir. Depois levantou-se em silêncio e começou a caminhar em direção à estepe, sem olhar para ninguém. Nur cochichou para mim: "Tome conta dele!". Eu então me arrastei pela estepe atrás de Zobar, na escuridão da noite. Foi assim, rapaz"

Makar tirou as cinzas de seu cachimbo e começou a enchê-lo novamente. Eu me aconcheguei ainda mais ao meu casaco e, deitado, olhava para seu rosto velho, bronzeado de sol e mormaço. Ele, balançando severamente a cabeça, sussurrava algo para si mesmo. Seus bigodes grisalhos tremulavam e o vento sacudia os cabelos em sua cabeça. Ele se parecia com um velho carvalho atingido por um raio, mas ainda poderoso, forte e orgulhoso de suas forças. O mar continuava a cochichar algo para as margens, enquanto o vento seguia espalhando seus sussurros pela estepe. Nonka já não cantava, e as nuvens que se reuniam no céu tornavam aquela noite outonal ainda mais escura.

Loiko caminhava lentamente, cabisbaixo, seus braços pendendo de seu corpo como chicotes, e, ao chegar a um barranco junto a um riacho, sentou-se sobre uma pedra e suspirou. E suspirou de tal forma que meu coração cobriu-se de pena. Mesmo assim não me aproximei dele. Com palavras não se cura a tristeza, não é verdade? Pois é! Ele ficou sentado por uma hora, por duas horas, por três horas, sem se mexer.

Eu fiquei deitado, não muito longe. Era uma noite clara: a lua cobrira com prata a estepe inteira e podia-se enxergar muito longe.

De repente eu vi: do acampamento vinha apressadamente Radda.

Fiquei contente! "Ah, que bom!", pensei. "Radda é uma moça valente!" Ela então aproximou-se dele, sem que ele ouvisse. Colocou a mão sobre seu ombro; Loiko estremeceu, abriu os braços e levantou a cabeça. Deu então um salto, para pegar a faca! E pensei, "agora ele vai esfaquear a moça", e já queria correr para o acampamento, gritando, quando de repente ouvi:

— Largue isso! Ou eu arrebento a sua cabeça! — Olhei e vi: Radda segurava uma pistola, e mirava na testa de Zobar. Que moça infernal! "E agora?", pensei. "Eles têm a mesma força, o que vai acontecer?".

— Escute! — Radda meteu a pistola no cinto e disse a Zobar: — Eu não vim para matar, mas sim para fazer as pazes. Largue essa faca! — O outro largou a faca, olhando para os olhos dela com o semblante carregado. Foi incrível, meu amigo! Duas pessoas, uma encarando a outra de frente, ferozmente, e ambas tão boas, tão valentes. Somente a lua brilhante e eu observávamos naquele momento aqueles dois.

— Escute o que eu vou dizer, Loiko: eu amo você! — disse Radda. O outro apenas encolheu os ombros, como se estivesse com os braços e pernas amarrados. — Já vi muitos homens valorosos, mas você é mais bravo e mais belo do que eles, de corpo e de alma. Cada um deles seria capaz de raspar o bigode se eu piscasse para eles; todos eles cairiam aos meus pés se eu assim quisesse. Mas a troco de quê? Eles nem são assim tão valentes, perto de mim são umas moças. Sobraram poucos ciganos valentes no mundo. Poucos, Loiko. Eu nunca amei ninguém, Loiko, mas eu amo você. Mas eu também amo a liberdade! E a liberdade, Loiko, eu a amo mais do que você. Mas sem você eu não posso viver, assim como você não pode viver sem mim. Por isso eu quero que você seja meu de corpo e alma, ouviu? — Ele riu.

— Ouvi! Meu coração está alegre por ouvir o seu discurso! Mas então, continue falando!

— Tem mais, Loiko: não adianta você tentar se esquivar, eu vou dar um jeito em você. Você será meu. Então não perca tempo à toa: meus beijos e minhas carícias esperam por você... Vou beijá-lo com paixão, Loiko! Com os meus beijos você vai esquecer a sua vida de valentia... as suas canções, que tanto alegram os jovens ciganos, não vão mais soar pelas estepes. Você só vai cantar ingênuas canções de amor para mim, Radda... Então não perca seu tempo, como eu já disse. Ou seja, a partir de amanhã você vai se submeter a mim como a um companheiro mais velho. Você vai se curvar aos meus pés diante de todo o acampamento e vai beijar a minha mão direita. E então eu serei a sua esposa.

Era isso que queria aquele diabo de mulher! Nunca se ouvira falar daquilo: apenas antigamente entre os montenegrinos isso era costume, pelo que diziam os mais velhos, mas entre os ciganos nunca! Pois é, rapaz, você consegue imaginar algo mais ridículo? Pode ficar um ano quebrando a cabeça que não vai conseguir imaginar!

Loiko saltou para o lado e seu grito ecoou por toda a estepe, como se o houvessem ferido no peito. Radda estremeceu, mas não cedeu.

— Pois então me despeço de você até amanhã. E amanhã você vai fazer aquilo que eu mandei você fazer. Está ouvindo, Loiko?

— Estou ouvindo! Vou fazer... — gemeu Zobar, estendendo a mão para ela. Ela nem olhou para ele, que saiu cambaleando, como uma árvore partida pelo vento, e caiu no chão, soluçando e rindo.

E foi a tal ponto que a maldita Radda perturbou o jovem. Eu só a muito custo consegui trazê-lo de volta a si.

Ai ai! Mas quem diabos precisa tanto assim do sofrimento das pessoas? Quem é que ama ver um coração humano gemendo e explodindo de dor? Imagine só...!

Voltei para o acampamento e contei tudo para os mais velhos. Pensaram e decidiram esperar para ver o que sairia disso. E o que aconteceu foi o seguinte. Quando todos nós nos reunimos à noite ao redor da fogueira, aproximou-se Loiko. Parecia confuso e extremamente abatido pelo que se passara de madrugada: seus olhos estavam fundos, voltados para o chão e, sem levantá-los, disse para nós:

— A questão é a seguinte, companheiros: esta noite, ao olhar para meu coração, nele não achei mais lugar para minha velha e livre vida. Apenas Radda mora lá, e só! Lá está ela, a bela Radda, sorrindo como uma rainha! Ela ama a liberdade mais do que eu, e eu a amo mais do que a liberdade, e por isso eu decidi me curvar aos pés de Radda, como ela ordenou, para que todos vejam como a sua beleza conquistou o bravo Loiko Zobar, que até conhecê-la conquistava as garotas com a mesma facilidade com que um falcão captura um pato. E depois ela se tornará minha esposa e irá me acariciar e me beijar de tal forma que até as minhas canções eu não vou mais querer cantar para vocês e sequer sentirei falta de minha liberdade! Assim está bom, Radda? — Ele ergueu os olhos e olhou soturnamente para ela. Ela meneou a cabeça silenciosa e severamente e com a mão apontou para seus pés. Nós olhávamos, sem entender nada. Tínhamos vontade até de ir embora para qualquer lugar, só para não ter que ver Loiko Zobar prostrado aos pés de uma mulher. Mesmo que essa mulher fosse Radda. Ficamos de certa forma envergonhados, apiedados, tristes.

— Então! — gritou Radda para Zobar.

— Ei, ei, não se apresse, temos muito tempo, você vai se fartar disso ainda... — disse ele, rindo, e seu riso era como o som do aço.

— Pois então isso é tudo, meus companheiros! Mas o que é que falta? Falta é verificar se o coração de Radda é assim tão duro como ela mostrou ser. E eu vou verificar! Que vocês me perdoem, meus amigos!

Nós mal tivemos tempo de adivinhar o que Zobar queria fazer e Radda já estava deitada no chão, o cabo da faca torta de Zobar cravada em seu peito. Ficamos pasmos.

Radda, porém, arrancou a faca, atirou-a para o lado e, comprimindo a ferida com uma mecha de seus cabelos negros, disse, sorrindo em alto e bom tom:

— Adeus, Loiko! Eu sabia que você faria isso...! — e então morreu...

Entendeu o que fez a moça, rapaz?! Maldito seja eu para todo o sempre se existir uma moça mais infernal que essa!

— Ah! Agora sim eu vou me curvar aos seus pés, rainha orgulhosa! - ecoou o grito de Loiko pela estepe. Ele, lançando-se ao chão, encostou seus lábios aos pés de Radda e parou, como que petrificado. Nós tiramos nossos chapéus e permanecemos em silêncio.

O que se pode dizer numa situação dessa, rapaz? Pois é! Nur disse: "É preciso amarrá-lo...!". Mas ninguém moveria um dedo para amarrar Loiko Zobar, ninguém moveria e Nur sabia disso. Ele abriu os braços e afastou-se. Danilo, porém, apanhou a faca que Radda jogara longe e olhou para ela longamente, enquanto seus bigodes tremiam. Naquela faca, tão torta e tão afiada, o sangue de Radda ainda estava fresco. Depois, Danilo aproximou-se de Zobar e cravou a faca em suas costas, bem no coração. O velho soldado Danilo, afinal, era também o pai de Radda!

— Isso mesmo! — disse claramente Loiko, virando-se para Danilo e tentando alcançar Radda.

Nós continuávamos observando. Radda estava deitada, apertando com a mão contra o peito a mecha de cabelo, e seus olhos abertos fitavam o céu azul; a seus pés, jazia estirado o valente Loiko Zobar. Não se podia ver seu rosto, sobre o qual recaíam suas madeixas.

Permanecemos parados, pensando. Os bigodes do velho Danilo tremiam e sobre suas espessas sobrancelhas seu cenho estava franzido. Ele olhava para o céu em silêncio, quando Nur, grisalho como um gavião das estepes, deitou-se sobre a terra com o rosto para baixo e chorou tanto que os soluços sacudiam por inteiro seu velho corpo.

E havia mesmo motivo para chorar, rapaz!

Por isso... ao trilhar o seu caminho, nunca olhe para os lados. Siga sempre adiante. Talvez assim você não se dê mal. É isso, rapaz"

Makar calou-se e, guardando o cachimbo no estojo, fechou a jaqueta sobre o peito. Começara a chuviscar, o vento soprava com mais força, o som do mar parecia mais distante e mais agitado. Um por um, os cavalos se aproximavam das fogueiras, que se apagavam, e olhavam para nós com seus grandes e sábios olhos. Ao parar, quase sem se mover, formaram ao redor de nós um estreito círculo.

— Hop, hop, eiei! — gritou meigamente para eles Makar e, batendo de leve com a palma da mão no pescoço de seu querido cavalo murzelo, disse, dirigindo-se a mim: — Está na hora de dormir! — Depois, puxou a jaqueta quase até a cabeça e, esticando-se vigorosamente sobre o chão, calou-se.

Eu não queria dormir. Fitava a escuridão da estepe e, no ar, diante de meus olhos, flutuava a figura majestosamente bela e orgulhosa de Radda. Ela apertava com a mão uma mecha de seus negros cabelos contra a ferida em seu peito, e de seus dedos, finos e bronzeados, o sangue pingava, gota a gota, caindo como pequenas estrelas sobre aquela terra de um vermelho vivo.

Junto a ela, abraçando suas pernas, flutuava o valente Loiko Zobar. Seu rosto estava encoberto por suas densas madeixas negras, e, por trás delas, vertiam constantemente gélidas e grandes lágrimas…

A chuva engrossava e o mar entoava um triunfante e sombrio hino ao orgulhoso e belo casal de ciganos: Loiko Zobar e Radda, filha do velho soldado Danilo.

Ambos deslizavam pela escuridão da noite, harmoniosa e silenciosamente, sem que o belo Zobar pudesse jamais alcançar a orgulhosa Radda.

BOLES

Um conhecido me contou a seguinte história:

"Na época em que eu estudava em Moscou, aconteceu-me morar ao lado de uma 'dessas', sabe? Era uma polonesa chamada Tereza. Uma morena alta e forte, com sobrancelhas escuras e unidas e um rosto grande e rude, como que talhado com um machado. Ela me horrorizava com o brilho animal de seus olhos escuros, com sua voz gravíssima, pesada, com seus modos grosseiros, com sua imensa e musculosa silhueta de feirante... Eu morava em um sótão, e a porta da casa dela ficava de frente para a minha. Naquela época eu nunca abria a minha porta se soubesse que ela estava em casa. Mas é claro que isso ocorria raramente. Às vezes acontecia de encontrá-la nas escadas ou no pátio, e então ela sorria para mim de um jeito que eu considerava feroz, cínico. Muitas vezes eu a vi bêbada, com um olhar atônito, desgrenhada e sorrindo de uma maneira particularmente indecente... Nessas ocasiões ela me dizia:

— Saudações, senhor estudante! — e gargalhava estupidamente, aumentando minha repulsa por ela. Eu teria me mudado para me livrar daqueles encontros e cumprimentos, mas meu quarto era tão agradável, com uma vista tão ampla e em uma rua tão tranquila... Eu a tolerava.

Subitamente, numa manhã em que eu, deitado em minha cama, tentava pensar em alguma desculpa para não ir à aula, abriu-se a porta e aquela detestável Tereza proclamou gravemente da soleira:

— Saudações, senhor estudante!

— O que você quer? — disse eu. Vi que seu rosto parecia confuso, suplicante... Algo incomum para ela.

— Sabe, senhor, eu vim lhe pedir uma certa coisa... E queria que você fizesse isso para mim!

Eu permaneci deitado, em silêncio e pensando:

"Que ardilosa! É um atentado contra a minha pureza, nem mais nem menos. Coragem, Egor!"

— Entende, é que eu tenho de mandar uma carta para a minha terra — disse ela de um jeito suplicante, abafado e tímido.

"Ora", pensei, "mas o diabo que a carregue!". Levantei-me, sentei-me à mesa, peguei papel e disse:

— Venha cá, sente-se e comece a ditar...

Ela entrou, sentou-se cuidadosamente na cadeira e pôs-se a olhar para mim com ar de culpa.

— Pois bem, para quem é a carta?

— Estrada de Varsóvia, cidade de Święciany, aos cuidados de Boleslau Kaszput...

— E o que devo escrever...? Pode falar...

— Meu adorado Boles... Meu amado... Meu verdadeiro amor... Que a santa mãe de Deus o abençoe! Meu grande amor... Por que você demorou tanto a escrever para a sua saudosa pombinha Tereza...?

Eu por pouco não desandei a rir. Uma "saudosa pombinha" daquele tamanho, com aquelas mãozonas imensas e com aquela fuça enegrecida, como se a tal pombinha tivesse passado a vida toda limpando chaminés e sem se lavar uma vez sequer! Eu de alguma maneira me contive e perguntei:

— Quem é exatamente esse tal Bolest?

— É Boles, senhor estudante — disse ela, como que ofendida comigo por ter desfigurado o nome. — Ele é o meu noivo...

— Seu noivo?!

— E por que é que o senhor está tão espantado? Por acaso uma moça como eu não pode ter um noivo?

Uma moça como ela?!

— Ora, e como não! Acontece de tudo... E ele é seu noivo faz tempo...?

— Já faz seis anos.

"E essa!", pensava eu. Enfim, escrevemos a carta. E devo dizer que ficou tão delicada, tão apaixonada, que eu mesmo talvez quisesse trocar de lugar com o tal Boles se a remetente não fosse a Tereza, mas qualquer uma outra pelo menos um pouco menor que ela.

— Bem, meu senhor, obrigada pelo favor! — disse-me Tereza, fazendo uma mesura. — Talvez eu também possa fazer algo por você.

— Não, muitíssimo agradecido!

— Mas o senhor não tem rasgos em alguma camisa ou em algum par de calças?

Percebi que aquele mastodonte de saias tinha me feito enrubescer, e declarei bastante rispidamente que não precisava de nenhum de seus serviços.

Ela foi embora.

Passaram-se umas duas semanas... Era noite. Eu estava sentado próximo à janela, assobiando e pensando em algo com que pudesse me divertir. Eu me sentia entediado, mas o tempo estava horrível, eu não queria ir a lugar algum e o tédio me fizera mergulhar em reflexões, se bem me lembro. Isto também é bastante enfadonho, mas eu não queria fazer nada além disso. A porta se abriu e — Deus me livre! — quem é que entrou...

— O que houve, o senhor estudante não está ocupado com nenhum assunto urgente?

Tereza! Hm...

— Não... Por quê?

— Eu queria pedir para o senhor escrever mais uma carta...

— Pois não... É para o Boles...?

— Não, agora preciso de uma dele...

— Como?

— Ah, que mulher estúpida! Não foi o que eu quis dizer, senhor, perdão! É que agora não sou eu quem precisa, e sim uma amiga, entende...? Quer dizer, não uma amiga, e sim... Um conhecido... Que não sabe escrever... E ele tem uma noiva, que também se chama... Tereza... Pois então, será que o senhor escreveria uma carta para essa Tereza?

Eu olhava para ela e sua cara parecia confusa, seus dedos tremiam como se algo a embaraçasse... e compreendi!

— É o seguinte, minha senhora — disse eu. — Não existe nenhum Boles e nenhuma Tereza, você inventou tudo isso. Mas em cima de mim você não vai se dar bem, não, e eu nem quero travar conhecimento com você... Entendeu?

Ela de repente assustou-se de uma maneira estranha, pareceu confundir-se, começou a remexer-se toda e a estalar ridiculamente os lábios, como se quisesse dizer algo mas sem de fato dizê-lo. Eu esperava para ver no que daria tudo aquilo, quando percebi, e senti que eu, aparentemente, estava um pouco equivocado ao suspeitar de suas intenções de me desviar do caminho da virtude. O que se passava ali era alguma outra coisa.

— Senhor estudante — começou ela, mas depois, repentinamente erguendo os braços, virou-se bruscamente para a porta e foi embora. Eu fiquei, com uma sensação muito desagradável em meu peito, e a ouvi batendo a porta, bem forte, aparentemente irritada, a moçoila... Pensei um pouco e decidi ir até ela, chamá-la de volta e escrever o que ela quisesse.

Quando entrei em seu quarto, vi que ela estava sentada à mesa, apoiando-se nela com os cotovelos e segurando a cabeça com as mãos.

— Escute — disse eu...

Sempre que eu conto essa história e chego neste ponto, fico com uma sensação completamente absurda... Que bobagem! Pois é...

— Escute — disse eu...

Ela se levantou de seu lugar, veio até mim com seus olhos faiscando e, colocando as mãos em meus ombros, começou a sussurrar... Na verdade, começou a gemer com aquela sua voz de baixo...

— Mas o que foi? Hein? É isso! Não existe nenhum Boles, não existe... Nem nenhuma Tereza! E qual é o problema? É difícil você pegar a caneta e escrever no papel, é? Como você é! E ainda por cima todo... branco! Não existe ninguém, nem Boles, nem Tereza, só existo eu! E qual é o problema?! Hein?

— Desculpe-me, mas... — disse eu, pasmo com aquela recepção — como assim? O Boles não existe?

— Pois é, não existe! E daí?

— E a Tereza também não?

— A Tereza também não! Eu sou a Tereza!

Eu não entendia mais nada! Eu olhava para ela com os olhos arregalados, tentando definir quem de nós dois enlouquecera. Ela voltou para a mesa, levantou-se novamente, veio até mim e disse, ofendida:

— Se para você é assim tão difícil escrever para o Boles, então tome aqui o que você escreveu, pegue! Que eu encontro outra pessoa que escreva para mim...

Olhei e vi em minhas mãos a carta para o Boles. Arre!

— Escute, Tereza! O que quer dizer tudo isso? Por que você precisa de outra pessoa que escreva se eu escrevi essa aqui e você não a enviou?

— Para onde?

— Para o tal... Boles.

— Mas se ele não existe!

Eu definitivamente não entendia mais nada! Só me restava ir embora dali. Mas ela então me explicou.

— Pois é! — começou ela, indignada. — Ele não existe, essa é a verdade! — E abriu os braços, como se não compreendesse o porquê dele não existir. — Mas eu queria que ele existisse... Será que eu não sou uma pessoa como todas as outras? É claro que eu sou... eu sei... Mas eu por acaso faço mal a alguém ao escrever para ele...?

— Perdão, para quem?
— Para o Boles!
— Mas ele não existe, não é?
— Ai, Jesus Maria! Mas e daí que não existe?! Não existe, mas é como se existisse...! Eu escrevo para ele e eu tenho a sensação de que ele existe... E a Tereza sou eu, e ele me responde, e eu de volta para ele...

Então eu entendi... E me senti mal, condoído, envergonhado. Logo ao meu lado, a alguns passos da minha casa, vivia uma pessoa que não tinha ninguém no mundo e que tinha que inventar um amigo!

— Você escreveu para mim a carta para o Boles e eu entreguei para um outro ler, e quando me leram eu escutava e ficava pensando que o Boles existia! E eu estou pedindo para escrever uma carta do Boles para a Tereza... para mim. Quando escrevem uma carta para mim e leem para mim, eu tenho a certeza de que o Boles existe. E isso alivia um pouco a minha vida...

Pois é... Mas que diabos...! E eu com isso passei a escrever pontualmente duas vezes por semana as cartas para o Boles e a resposta do Boles para a Tereza... E como eu escrevia bem essas respostas... Ela às vezes ouvia e gemia... com aquele seu tom grave. E por fazê-la chorar com as cartas do imaginário Boles, ela me remendava os furos das meias, camisas e tudo mais... Mais tarde, uns três meses depois dessa história, ela foi presa por algum motivo. E agora ela certamente já morreu."

Meu conhecido bateu a cinza de seu cigarro, olhou pensativo para o céu e concluiu:

"Pois é... Quanto mais o homem prova do amargo, mais furiosamente ele almeja o que é doce. Mas nós não compreendemos isso, envolvidos que estamos em nossa moral obsoleta e olhando uns para os outros através de uma bruma de presunção e de convicção em nossa infalibilidade inquestionável.

O que é bastante estúpido... e muito cruel. Gente decadente, dizem... Mas o que são pessoas decadentes? Acima de tudo, pessoas de carne e osso, com os mesmos ossos, os mesmos nervos que nós temos. Falam disso o tempo inteiro, dia e noite. E nós ouvimos, mas... sabe Deus como isso é absurdo! E na realidade, nós mesmos também somos decadentes, talvez ainda mais decadentes... Decaímos em direção ao abismo de nossa completa presunção e da certeza da superioridade de nossos cérebros e de nossos intelectos sobre os cérebros e sobre os intelectos dessas pessoas, que são apenas menos maliciosas que nós e que não conseguem se fazer de boas tão bem quanto nós conseguimos... Mas agora chega disso. Isso tudo é tão velho... que dá até vergonha de falar..."

OS COMPADRES

Um deles chamavam de Pé-de-Valsa e o outro de Esperançoso. Ambos eram ladrões.

Viviam na periferia da cidade, numa vila, instalados estranhamente contra um barranco, em uma das velhas cabanas feitas de barro e de árvores retorcidas, semelhantes a pilhas de lixo despejadas no barranco. Os compadres costumavam roubar nas aldeias próximas à cidade, já que na cidade roubar era muito difícil, e os vizinhos da pequena vila não tinham nada para ser furtado.

Ambos eram pessoas humildes: surrupiavam peças de tecido, um casaco ou um machado, um arreio, uma camisa ou uma galinha, e depois por um bom tempo não voltavam a visitar a aldeia em que eles tinham conseguido "afanar" alguma coisa. Mas, a despeito deste modo de ação tão inteligente, os camponeses da região conheciam-nos bem e ameaçavam, sempre que possível, espancá-los até a morte. No entanto, tal oportunidade nunca surgiu aos camponeses e os ossos dos dois amigos estavam inteiros, embora já ouvissem tais ameaças dos camponeses havia seis anos.

Pé-de-Valsa era um homem de uns quarenta anos, alto, encurvado, magro, macilento. Andava com a cabeça voltada para o chão, seus longos braços cruzados nas costas, vagarosamente, mas a passos largos, e pelo caminho sempre olhava preocupado ao redor com seus inquietos e penetrantes olhos semicerrados. Cortava rente o cabelo e aparava a barba; seus espessos e embranquecidos bigodes de soldado escondiam-lhe a boca, conferindo ao seu rosto um aspecto eriçado e severo. Tinha possivelmente deslocado ou quebrado sua perna esquerda e ela fora curada de uma forma tal que ficara mais longa que a direita; quando ele a erguia ao caminhar, ela parecia saltitar no ar e balançar para o lado, e tal peculiaridade em seu jeito de andar rendera-lhe a alcunha.

Esperançoso era cinco anos mais velho que seu companheiro, mais baixo, porém de ombros mais largos. Costumava tossir pesadamente, e seu rosto, de maçãs salientes e coberto por uma grande e escura barba ligeiramente grisalha, escondia um doentio tom amarelado. Seus olhos eram grandes, negros, mas tinham um ar culpado e meigo. Ao caminhar ele fazia um bico e assobiava baixinho uma canção triste, sempre a mesma. Sobre seus ombros tremulavam os fiapos de uma curta veste colorida, algo semelhante a um casaco de algodão; já Pé-de-Valsa trajava um longo e cinzento *kaftan* adornado com um cinto.

Esperançoso era de origem camponesa. Já seu companheiro era filho de um sacristão, antigo servo e árbitro de bilhar. Eram sempre vistos juntos, e ao vê-los os camponeses diziam:

— De novo apareceram os compadres, olhe só para eles!

Os compadres escolhiam sempre as estradas secundárias, olhando atentamente para os lados e tentando evitar encontros. Esperançoso tossia e assobiava sua canção, enquanto a perna de seu companheiro dançava no ar, como se tentasse soltar-se e correr para longe do perigoso caminho de seu dono. Se não isso, estariam deitados em algum lugar nos limites da floresta, num campo de centeio ou no barranco, conversando em voz baixa sobre o que roubariam para poder comer.

No inverno, até os lobos, mais adaptados que são à luta pela vida do que os dois amigos, vivem mal. Magros, famintos e furiosos, eles vagam pelos caminhos e, mesmo quando são mortos, são temidos: possuem garras e presas para sua defesa e seu coração não se aquieta jamais. Esta última coisa é muito importante, já que, para vencer a luta pela sobrevivência, deve-se ter ou uma grande inteligência ou o coração de uma fera.

O inverno era uma época difícil para os compadres: era frequente ambos saírem à noite pelas ruas da cidade pedindo esmolas e tentando não cair nas mãos da polícia. Era muito raro conseguirem roubar alguma coisa; andar pelas aldeias era incômodo, fazia frio e suas pegadas ficavam sobre a neve; além disso, era inútil visitar as aldeias quando tudo nelas estava trancado e coberto de neve. Os companheiros gastavam muita de sua energia no inverno lutando contra a fome, e possivelmente ninguém esperava pela primavera tão avidamente quanto eles...

Mas eis que finalmente a primavera havia chegado. Eles, esgotados e enfermiços, arrastavam-se para fora de seu barranco, olhavam com alegria para os campos, onde a neve derretia cada vez mais rapidamente, pedaços acastanhados de terra surgiam, poças brilhavam como espelhos e pequenos riachos murmuravam alegremente. O sol derramava sobre a terra suas cálidas carícias, enquanto os dois amigos aqueciam-se sob seus raios, pensando no tempo que a terra levaria para secar completamente e no momento em que, finalmente, poderiam sair em direção às aldeias para "atacar". Era comum Esperançoso, que sofria de insônia, acordar seu amigo de manhã cedo e declarar-lhe com alegria:

— Ei! Levante-se, as gralhas já chegaram!

— Chegaram?

— E como! Consegue ouvir como elas gritam?

Ao sair de sua cabana, eles acompanhavam atenta e demoradamente aqueles negros mensageiros da primavera fazerem seus novos ninhos e consertarem os antigos, enquanto enchiam o ar com seus gritos ruidosos e atarefados...

— Agora é o momento de ir atrás das cotovias — dizia Esperançoso, pondo-se a reparar a rede, velha e retorcida.

Surgiam as cotovias. Os companheiros iam para o campo, colocavam sua rede em um dos pontos sem neve e, correndo pelo campo, molhados e sujos, apanhavam sob suas redes aquelas famintas e exaustas aves migratórias que procuravam seu alimento naquela úmida terra recentemente liberta da neve. Ao capturarem os passarinhos, eles os vendiam por cinco ou dez copeques cada. Depois, quando brotava a urtiga, eles a colhiam e levavam-na para a feira, para os vendedores de verduras. Quase todo dia de primavera rendia a eles algo novo: um rendimento novo, embora pequeno. Eles conseguiam aproveitar tudo: salgueiros, azedas, cogumelos silvestres e do campo, morangos silvestres. Não havia nada que não passasse por suas mãos. Se os soldados aparecessem para praticar tiro, os amigos, após o término da prática, revolviam o terreno em busca das balas, que depois vendiam a doze copeques por libra. Todas essas tarefas, embora permitissem que os amigos não morressem de fome, muito raramente davam-lhes a possibilidade de deleitar-se com um sentimento de saciedade, aquela agradável sensação de quando o estômago, repleto, processa intensamente a comida engolida.

Certa vez, em abril, quando as folhas das árvores ainda mal haviam começado a brotar, as florestas seguiam cobertas por uma bruma acinzentada e nos pardos e férteis campos banhados pelo sol a grama nascia aos pouquinhos, os amigos caminhavam por uma longa estrada. Caminhavam e fumavam os cigarros que eles mesmos haviam enrolado com tabaco de má qualidade, enquanto conversavam.

— Sua tosse está cada vez mais pesada...! — advertiu calmamente Pé-de-Valsa ao companheiro.

— Isso não é nada...! É só eu pegar um pouquinho de sol que eu melhoro...

— Mm... Mas não seria melhor você passar no hospital...?

— Ora! E para quê? Se é para morrer, eu morro.

— Isso lá é...

Caminhavam ao longo de uma fila de bétulas que lançavam sobre eles as sombras rendadas de seus finos galhos. Pardais saltitavam pelo caminho, chilreando com vivacidade.

— Você está andando com dificuldade — notou Pé-de-Valsa depois de um breve silêncio.

— É porque estou meio sufocado — explicou Esperançoso. — O ar está muito denso, pesado, está até difícil de puxar.

Ele parou, tossindo.

Pé-de-Valsa parou ao lado dele, fumando e lançando-lhe um olhar vago. O ataque de tosse fazia Esperançoso tremer, e ele esfregava o peito com as mãos; seu rosto tornou-se azulado.

— Meus pulmões já não são mais os mesmos — disse ele ao parar de tossir.

Seguiram adiante, espantando os pardais.

— Agora estamos na direção de Múkhina...! — disse Pé-de-Valsa jogando fora o cigarro e cuspindo. — Podemos contorná-la pela parte de trás, quem sabe nós conseguimos alguma coisa... Depois pelo bosque de Sivtsova em direção a Kuznetchikha... E de Kuznetchikha voltamos em direção a Markovka... E daí para casa...

— Será uma caminhada de uns trinta quilômetros — disse Esperançoso.

— Contanto que não seja em vão...

À esquerda do caminho erguia-se uma floresta, escura e pouco amistosa; em meio a seus galhos nus ainda não se via uma mancha verde sequer para deleitar a visão. Pela orla vagava um pequeno cavalinho, de pelo cheio e eriçado e de ancas descarnadas; suas salientes costelas eram tão claramente divisíveis em seu esqueleto como os arcos de um barril. Os companheiros pararam e observaram demoradamente, enquanto ele oscilava de um pé para outro, inclinando seu focinho em direção ao chão e, recolhendo com a boca amarelados punhados de relva, mastigava-os cuidadosamente com seus dentes desgastados.

— Também está bem magrinho...! — percebeu Esperançoso.

— Upa, upa! — acenou Pé-de-Valsa.

O cavalo olhou para ele e, balançando negativamente a cabeça, de novo abaixou-a em direção ao chão.

— Ele não quer ir com você — esclareceu Esperançoso.

— Vamos...! Se nós o levarmos para os tártaros, eles podem nos dar até sete rublos por ele... — falou pensativo Pé-de-Valsa.

— Não vão dar. O que tem de mais nele?

— E o couro?

— Couro? E por acaso vão dar tudo isso pelo couro? Dariam uns três rublos por ele.

— Ora!

— E não? Parece mais um trapo velho do que couro...

Pé-de-Valsa olhou para o companheiro e, parando, disse:

— E então?

— É complicado...! — retorquiu Esperançoso, indeciso.

— E por quê?

— Vamos deixar rastros de novo... A terra está úmida... Vai ficar na cara para onde levamos...

— Podemos colocar algum calçado nele...

— Como você quiser...

— Então vamos! Vamos levá-lo para a floresta e lá no barranco nós esperamos anoitecer... À noite nós o levamos embora e repassamos aos tártaros. Não é longe, uns três quilômetros...

— Bom — meneou a cabeça Esperançoso —, vamos! Um pássaro na mão... Só espero que não aconteça nada...

— Não vai acontecer! — disse confiante Pé-de-Valsa.

Deram meia-volta e, olhando ao redor, foram em direção à floresta. O cavalo olhou para eles, bufou, balançou o rabo e começou novamente a tosar a pálida grama.

O sopé daquele profundo barranco coberto de árvores estava úmido, silencioso e sombrio. O murmúrio dos riachos cortava o silêncio como uma triste lamúria. Das íngremes encostas do barranco pendiam os galhos nus das aveleiras, dos viburnos e das madressilvas; aqui e acolá, sobre a terra, assomavam raízes desamparadas, lavadas pelas águas primaveris. A floresta ainda parecia morta: a penumbra da noite aumentava a monotonia sem vida de seus tons e o triste silêncio que nela se ocultava conferia-lhe a sombria e solene tranquilidade de um cemitério.

Os compadres permaneciam havia tempos sentados silenciosamente em meio às úmidas trevas, sob um grupo de álamos que desciam, juntamente com um imenso bloco de terra, em direção ao fundo do barranco. Uma pequena fogueira ardia vivamente diante deles, que, aquecendo as mãos sobre o fogo, lançavam nele pequenos galhos, aos poucos, cuidando para que queimasse sempre de maneira uniforme, evitando assim que a fogueira produzisse fumaça. O cavalo encontrava-se não muito longe deles. Haviam enrolado seu focinho com um pedaço de tecido arrancado dos trapos de Esperançoso e o haviam amarrado pelas rédeas ao tronco de uma árvore.

Esperançoso, sentado de cócoras, fitava pensativo o fogo e assobiava a sua canção; seu companheiro cortava um montinho de varetas de vime para armar com elas uma cesta e, ocupado que estava com sua tarefa, permanecia calado.

A triste melodia dos riachos e o assobio silencioso daquele melancólico homem flutuavam lamuriosos pela quietude da noite e da floresta. Às vezes, os galhinhos crepitavam no fogo, crepitavam e sibilavam, como se suspirassem, parecendo compadecer-se da vida daquelas duas pessoas, mais torturante que sua própria morte nas chamas.

— Vamos demorar para sair? — perguntou Esperançoso.

— Ainda é cedo… Quando estiver totalmente escuro, aí nós vamos…! — respondeu Pé-de-Valsa sem desviar a atenção de seu trabalho.

Esperançoso suspirou e começou a tossir.

— O que foi, morreu de frio? — perguntou o companheiro após uma longa pausa.

— Não… Tem algo me aborrecendo… Está me incomodando o coração…

— É a doença…

— Deve ser ela... Mas talvez seja alguma outra coisa.

Pé-de-Valsa disse:

— É melhor você nem pensar...

— Em quê?

— Em qualquer coisa, ora essa...

— Quer saber — disse Esperançoso, subitamente reanimado —, eu não consigo ficar sem pensar. Eu fico olhando para ele — e apontou para o cavalo — e lembro que eu já tive um desses... Era assim meio desajeitado como esse, mas no trabalho era de primeira! Numa época cheguei a ter dois... Trabalhei muito naquele tempo.

— E ganhou o que com isso? — perguntou friamente Pé-de-Valsa. — Eu não gosto disso em você... Solta a matraca e fica resmungando. Mas a troco de quê?

Esperançoso, sem dizer nada, lançou ao fogo um punhado de pequenos galhos cortados e pôs-se a observar as fagulhas voando para cima e apagando-se em seguida no ar úmido. Seus olhos piscavam velozmente, enquanto sombras percorriam seu rosto. Depois, ele virou a cabeça na direção em que estava o cavalo e examinou-o longamente.

Ele permanecia parado, como que fincado na terra; sua cabeça, desfigurada pela atadura, pendia desanimada.

— É preciso pensar com clareza — disse Pé-de-Valsa severa e gravemente. — A nossa existência é a seguinte: um dia após o outro. Se tiver comida, muito bem; se não, é choramingar, choramingar e se conformar... Mas quando você começa com isso, é ruim de se ouvir. É a doença que faz isso com você.

— Deve ser a doença — concordou Esperançoso.

Depois de um breve silêncio, porém, acrescentou:

— Mas talvez meu coração esteja fraco.

— Coração fraco também é coisa da doença — declarou categoricamente Pé-de-Valsa.

Cortou com os dentes uma vareta e, agitando-a, riscou com um assobio o ar, dizendo em tom severo:

— Eu que tenho saúde não tenho nada disso!

O cavalo oscilava de um pé a outro; um galho começou a crepitar; pedaços de terra precipitaram-se sobre o riacho, introduzindo novas notas em sua suave melodia. Depois, de algum lugar, dois pássaros levantaram voo, contornando o barranco e cantando calmamente. Esperançoso seguiu-os com o olhar e disse em voz baixa:

— Que passarinhos são esses? Se forem estorninhos, eles não têm nada que fazer na floresta... Imagino então que sejam picoteiros...

— Talvez sejam cruza-bicos — disse Pé-de-Valsa.

— Ainda é cedo para cruza-bicos. Além do quê, eles preferem os pinheirais. Aqui eles não teriam o que fazer... Só pode ser picoteiro...

— Bom, deixe isso para lá!

— Mas é claro — concordou Esperançoso, dando, por algum motivo, um pesado suspiro.

Nas mãos de Pé-de-Valsa o trabalho seguia velozmente: ele já havia tecido a base da cesta e rapidamente concluía os lados. Cortava as varetas com uma faca, dava o acabamento com os dentes, dobrava-as e amarrava-as movendo com rapidez os dedos e, eriçando seus bigodes, fungava com o nariz o resultado.

Esperançoso olhava ora para ele, ora para o cavalo, aparentemente petrificado em sua pose de desânimo, ora para o céu, já quase noturno, porém carente de estrelas.

— O coitado vai dar pela falta do cavalo — disse ele repentinamente num tom estranho —, mas ele não vai estar lá... Vai andar de cá para lá e nada do cavalo!

Esperançoso abriu os braços, impotente. Seu rosto era estúpido, mas seus olhos piscavam tão rapidamente que ele parecia olhar para algo em chamas diante dele.

— Do que você está falando?

— Eu me lembrei de uma história... — disse Esperançoso com ar culpado.

— Qual?

— Uma parecida com a nossa... Também aconteceu de roubarem um cavalo... de um vizinho meu, chamado Mikhaila... Um camponês grande, bexiguento.

— E daí?

— E daí... que roubaram... Foi na época do plantio de outono, ele estava pastando e de repente sumiu! E então o Mikhaila, quando percebeu que tinha ficado sem cavalo, desabou no chão, começou a choramingar! Ai, meu amigo, mas como ele choramingou naquela hora...! Caiu... como se tivessem quebrado as pernas dele...

— E daí?

— E daí... ficou assim um tempão...

— E você com isso?

Ao ouvir a ríspida indagação do companheiro, Esperançoso afastou-se dele e respondeu timidamente:

— Eu só estava lembrando... Ficar sem cavalo é uma desgraça para o camponês.

— Eu vou lhe dizer uma coisa — começou Pé-de-Valsa com severidade, olhando fixamente para Esperançoso —, pare já com isso! Essa sua conversa não tem nenhum sentido... Entendeu? Vizinho! Mikhaila!

— Mas eu fiquei com pena — retorquiu Esperançoso, encolhendo os ombros.

— Com pena? Tenho certeza de que de nós ninguém tem pena.

— Que coisa para se falar...!

— Mas cale-se... Logo teremos que ir andando.

— Logo?

— Pois é...

Esperançoso andou em direção à fogueira, remexeu-a com um pau e, olhando de soslaio para Pé-de-Valsa, novamente imerso no trabalho, disse baixinho, em tom suplicante:

— Eu acho melhor deixá-lo para lá...

— Mas como você é infame! — exclamou aflito Pé-de-Valsa.

— Estou falando sério! — persistiu em voz baixa Esperançoso. — Você não percebe, é perigoso! Andar quatro quilômetros com ele... E se os tártaros não quiserem? O que nós fazemos?

— Aí é problema meu!

— Como você quiser! Só achava melhor deixar ele ir... Veja só o estado dele!

Pé-de-Valsa permanecia calado: somente seus dedos moviam-se com velocidade.

— Quanto é que vão dar por ele? — seguia insistindo Esperançoso em voz baixa. — Agora é a melhor hora... Vai escurecer logo, nós podemos contornar o barranco em direção a Dubiônki... Aí nós podemos pegar alguma coisa mais útil.

A fala monótona de Esperançoso, somada ao murmúrio do riacho, irritava o concentrado Pé-de-Valsa. Ele seguia calado, os dentes cerrados, até que do alto de sua irritação quebrou com os dedos as varetas que segurava.

— As mulheres estão lavando tecido...

O cavalo suspirou ruidosamente e remexeu-se. Envolto em trevas, ele parecia agora ainda mais feio e miserável. Pé-de-Valsa olhou para ele e cuspiu na fogueira...

— As galinhas devem estar soltas... Os gansos...

— Já acabou? — perguntou maliciosamente Pé-de-Valsa.

— Mas que coisa...! Não se irrite comigo, Stepan... Deixe esse cavalo para lá! É sério!

— Você comeu hoje? — gritou Pé-de-Valsa.

— Não comi... — respondeu confuso Esperançoso, assustado com o grito.

— Então o diabo que o carregue! Morra de fome...! Porque eu não ligo...

Esperançoso olhou silenciosamente para o outro, que, bufando, juntava um punhado de varetas num feixe. O brilho da fogueira reluzia em seu rosto barbudo, avermelhado e irritado.

Esperançoso virou-se e suspirou profundamente.

— Estou dizendo que não ligo, faça o que você quiser — disse maldosamente Pé-de-Valsa numa voz roufenha. — Eu só digo uma coisa: se você continuar desse jeito eu não continuo andando com você! Agora chega! Eu conheço bem você... Conheço sim...

— É, um excêntrico, um louco...

— Chega disso!

Esperançoso encolheu-se e começou a tossir. Depois, respirando pesadamente, disse:

— Você sabe por que eu estou falando? Porque é perigoso ficar andando com ele...

— Tudo bem! — gritou furioso Pé-de-Valsa.

Ele ergueu as varetas, jogando-as para cima, colocou a cesta incompleta embaixo do braço e levantou-se. Esperançoso também se levantou, olhou para seu companheiro e a passos leves caminhou até o cavalo.

— Eia...! Deus o abençoe... Não tenha medo...! — ecoou no barranco a sua voz abafada. — Pare...! Bom, pode ir! Vamos, seu idiota!

Pé-de-Valsa observava seu companheiro desatar inquieto o trapo ao redor do focinho do cavalo e seus bigodes tremiam.

— Você vem ou não vem?

— Vou — respondeu Esperançoso.

Penetrando em meio aos arbustos, eles caminharam silenciosamente ao longo do barranco em meio às trevas da noite, que o haviam encoberto completamente. O cavalo ia atrás deles. Depois, próximo deles, ouviu-se um rumor de águas que encobriu a melodia do riacho.

— Seu idiota, caiu dentro do riacho...! — disse Esperançoso.

Pé-de-Valsa fungava, irritado.

Em meio às trevas e ao sombrio silêncio do barranco ecoava o suave sussurro dos arbustos flutuando lentamente para longe daquele lugar, onde a massa vermelha das brasas da fogueira brilhava sobre o chão como um olho monstruoso, malévolo e zombeteiro...

Subiu a lua. Seu brilho translúcido encheu o barranco de uma bruma acinzentada, lançando sombras por todos os lados; a floresta pareceu mais espessa, o silêncio nela mais profundo e mais severo. Os alvos troncos das bétulas, tornados prateados pelo luar, destacavam-se como velas de cera contra o fundo negro de carvalhos, olmos e arbustos.

Os compadres seguiam em silêncio pelo sopé do barranco; caminhavam com dificuldade: seus pés ora deslizavam, ora afundavam na lama. Esperançoso ofegava, seu peito parecia sibilar, rouquejar, chiar. Pé-de-Valsa andava à frente e a sombra de sua alta figura projetava-se sobre Esperançoso.

— Andar, não é?! — começou de repente ele, rabugento e irritado. — Mas para onde? Procurar o quê?

Esperançoso suspirou e calou-se.

— A noite está cada vez mais curta... Quando chegarmos na aldeia já estará claro... E aí fazemos o quê? Vamos passear... como duas senhoras...

— Não aguento mais, meu amigo...! — disse baixinho Esperançoso.

— Não aguenta? — indagou ironicamente Pé-de--Valsa. — E por quê?

— Estou com muita dificuldade para respirar... — respondeu o ladrão doente.

— Respirar? E por que essa dificuldade?

— Por conta da doença...

— Mentira! É por culpa da sua estupidez.

Pé-de-Valsa parou, virou-se para seu companheiro e, colocando o dedo no rosto do outro, acrescentou:

— Você não consegue respirar por culpa da sua estupidez... é isso! Entendeu?

Esperançoso abaixou a cabeça e disse em tom de culpa:

— Claro que sim...

Ele queria dizer mais alguma coisa, mas começou a tossir, apoiou-se com sua mão trêmula contra o tronco de uma árvore e tossiu longamente, remexendo-se, balançando a cabeça e abrindo bem a boca.

Pé-de-Valsa olhava fixamente para o rosto do outro, macilento, e com um aspecto terroso e esverdeado que o luar lhe conferia.

— Você vai acordar todas as criaturas da floresta...! — disse finalmente em tom sombrio.

Quando Esperançoso parou de tossir, porém, jogando a cabeça para trás e suspirando, ele ofereceu em tom de ordem:

— Descanse!

Sentaram-se sobre o chão úmido; sob a sombra dos arbustos Pé-de-Valsa acendeu seu cigarro, começou a fumar, olhou para a brasa e começou lentamente a falar:

— Se nós tivéssemos em casa algo para comer... Até poderíamos voltar para lá...

— Isso é verdade...! — concordou Esperançoso.

Pé-de-Valsa olhou de soslaio para ele e continuou:

— Mas como em casa não temos nada, temos que seguir adiante...

— Temos... — suspirou Esperançoso.

— E como nós também não temos aonde ir, nada disso tem sentido... Nós somos estúpidos, esse é o motivo! E como somos estúpidos...

A voz seca de Pé-de-Valsa cortou o ar e pareceu provocar um grande desconforto em Esperançoso: ele se revirou no chão, suspirou e rosnou estranhamente.

— E eu preciso comer, preciso muito! — concluiu Pé-de-Valsa num sonoro tom de reprovação.

Esperançoso então se levantou, decidido...

— Aonde você vai? — perguntou Pé-de-Valsa.

— Vamos.

— O que aconteceu? Decidiu se mexer...?

— Vamos!

— Então vamos... — disse Pé-de-Valsa, também levantando-se. — Só não vejo sentido nisso...

— Tudo bem, que seja! — disse balançando os braços Esperançoso.

— Agora criou coragem!

— E como não? Você me atormentou, me atormentou, brigou comigo, brigou comigo... Meu Deus!

— E por que você agiu daquele jeito inútil?

— Por quê?

— É!

— É que eu fiquei com pena, oras...

— De quê? De quem?

— De quem! Do sujeito, ora bolas...

— Do sujeito! — repetiu Pé-de-Valsa. — Aqui, pegue isso aqui, fume um pouco depois jogue fora... Que alma boa, a sua! E essa tal sujeito é o que para você? Você entende? Ele o pegaria pelo colarinho e acabaria com você como se fosse uma pulga! Aí você iria ficar com pena dele... iria sim! Só aí você iria entender o quanto você é estúpido. Ele iria recompensá-lo pela sua pena com torturas. Ele arrancaria o seu intestino com as mãos se pudesse... Puxaria as suas veias uma por uma, aos poucos... Pena! Você daria graças a Deus se matassem você de uma vez, sem pena e pronto! Você, hein! Tomara que você se dê mal! Pena... arre!

Estava indignado o Pé-de-Valsa. Sua voz ríspida, cheia de ironia e de desdém por seu companheiro, ressoava longamente pela floresta enquanto os galhos do arbustos balançavam com um murmúrio abafado, como que ecoando aquelas palavras severa e fielmente.

Esperançoso cambaleava lentamente, as mãos enfiadas nas mangas de seu casaco, a cabeça abaixada tocando seu peito.

— Espere! — disse ele finalmente. — Mas e daí? Eu vou dar um jeito nisso... Nós podemos ir até a aldeia... Ou vou eu... Vou sozinho... Você não precisa ir. Eu pego a primeira coisa que me cair nas mãos... e volto para casa...! Nós voltamos e eu aí posso deitar! Porque eu não estou bem...

Ele falava ofegante, a voz rouca, como se o peito fervilhasse. Pé-de-Valsa olhou para ele com ar suspeito e parou, parecendo querer dizer algo. Balançou os braços e, sem dizer nada, pôs-se novamente a andar...

Caminharam longamente em silêncio.

Em algum lugar próximo dali os galos começaram a cantar; um cão uivava; pouco depois, o triste som dos sinos de alguma distante igrejinha se fez ouvir, afundando em seguida no silêncio da floresta... Vindo de algum lugar, um grande pássaro deslizou sob o turvo luar como uma grande mancha negra, e pelo barranco um bater de asas flutuava com um sibilo lúgubre.

— Um corvo... ou uma gralha — notou Pé-de--Valsa.

— É o seguinte... — disse Esperançoso, desabando pesadamente —, vá você, eu fico aqui... Eu não consigo mais, estou sufocando, minha cabeça está girando...

— Ora, e essa agora! — disse insatisfeito Pé-de--Valsa. — Mas será que você não consegue de jeito nenhum?

— Não consigo...

— Que beleza! Ora bolas!

— Estou fraco demais...

— Mas é claro! Estamos vagando sem comida desde hoje de manhã.

— Não, é o meu fim! Veja só o sangue como está jorrando!

Esperançoso, então, ergueu em direção ao rosto de Pé-de-Valsa sua mão, coberta de algo escuro. O outro olhou incrédulo para a mão e num tom mais baixo perguntou:

— O que é que nós vamos fazer?

— Ainda está... — ouviu-se um frágil ronco.

Pé-de-Valsa inclinou a cabeça, encostando-a em seus joelhos, e calou-se.

Acima deles erguia-se a encosta do barranco, rasgada por profundos sulcos gerados pelas torrentes primaveris. Em seu topo, divisava-se uma felpuda fileira de árvores iluminadas pelo luar. A encosta oposta, ainda mais inclinada, estava toda coberta de arbustos; de algum lugar daquela massa negra erguiam-se troncos cinzentos, e em meio a seus desfolhados galhos viam-se claramente os ninhos das gralhas... O barranco, banhado pela luz da lua, assemelhava-se a um sonho enfadonho, privado das cores da vida, enquanto o murmúrio abafado dos riachos reforçava ainda mais seus tons inanimados, acentuava seu silêncio melancólico.

— Estou morrendo...! — sussurrou quase imperceptivelmente Esperançoso, repetindo em seguida em alto e bom tom: — Eu estou morrendo, Stepan!

Pé-de-Valsa sentiu um tremor percorrer todo o seu corpo; inquieto e resfolegante, ergueu a cabeça dos joelhos e disse em tom desconcertado, bem baixinho, como se temesse incomodar alguém:

— Não está não, não precisa ter medo! Não deve ser nada, meu amigo!

— Senhor Jesus Cristo...! — disse Esperançoso, suspirando profundamente.

— Não é nada! — sussurrou Pé-de-Valsa, inclinando-se sobre seu rosto. - Aguente só mais um pouco... Que já vai passar...

Esperançoso começou a tossir; de seu peito surgiu um novo som, como se um trapo úmido batesse contra

— Vá você, eu fico aqui... Tentando recuperar as forças...

— Vou aonde? E se eu for até a aldeia e disser que tem um homem que parece que está mal...?

— Vão nos dar uma surra.

— Pois é isso mesmo... Só de nos verem...

Esperançoso deitou-se de costas para o chão, tossindo pesadamente e cuspindo pela boca grandes jorros de sangue...

— Está vertendo? — perguntou Pé-de-Valsa, parado diante dele mas olhando para os lados.

— E muito — disse Esperançoso num tom quase imperceptível e voltando a tossir.

Pé-de-Valsa praguejou cinicamente e em voz alta.

— Se ainda pudéssemos chamar alguém!

— Quem? — ecoou tristemente Esperançoso.

— E se você se levantar e for andando de levinho?

— Já não consigo mais...

Pé-de-Valsa sentou-se próximo à cabeça de seu companheiro e, envolvendo os joelhos com seus braços, pôs-se a olhar para o rosto do outro. O peito de Esperançoso movia-se de maneira irregular, produzindo um ronco abafado, seus olhos pareciam fundos e seus lábios estavam estranhamente esticados, como se colados aos lábios. Do canto esquerdo da boca escorria em direção à bochecha um filete grosso e escuro.

— Ainda está vertendo? — perguntou baixinho Pé-de-Valsa, o tom de sua indagação contendo algo próximo de reverência.

Um tremor percorreu o rosto de Esperançoso.

suas costelas. Pé-de-Valsa olhava para ele e cofiava os bigodes. Esperançoso, após expectorar, pôs-se a respirar ruidosa e ofegantemente, como se estivesse correndo para algum lugar com todas as forças. Respirou assim por um bom tempo, e depois disse:

— Perdão, Stepan, por eu ter... Pelo cavalo... Desculpe, meu amigo...!

— Eu é que peço desculpas...! — interrompeu-o Pé-de-Valsa, acrescentando depois de um breve silêncio: — E eu, para onde eu vou agora? O que eu vou fazer?

— Vai ficar tudo bem! Que o Senhor...

Ele gemeu, sem conseguir concluir a frase, e calou-se.

Começou a produzir um som agonizante... Esticou as pernas... Jogou uma delas para o lado...

Pé-de-Valsa olhava para ele sem piscar. Alguns minutos se passaram, longos como horas.

Esperançoso, então, ergueu de leve a cabeça, mas logo em seguida ela pendeu impotente em direção ao chão.

— O que foi, meu amigo? — disse inclinando-se para ele Pé-de-Valsa. Mas o outro já não respondia, tranquilo e imóvel.

Pé-de-Valsa ainda permaneceu por um tempo sentado ao lado do companheiro, mas depois levantou-se, tirou o chapéu, fez o sinal da cruz e pôs-se a caminhar lentamente ao longo do barranco. Seu rosto adquirira um aspecto grave, suas sobrancelhas e bigodes pareciam eriçados, e ele caminhava batendo os pés com tanta força que parecia querer agredir com eles a terra, fazê-la sofrer.

Já clareava. O céu parecia cinzento, áspero; no barranco reinava um silêncio sombrio; ouvia-se apenas a voz monótona e opaca de um riacho.

Então, ouviu-se um sussurro... Devia ser um bloco de terra deslizando em direção ao fundo do barranco. Uma gralha despertou e, gritando alarmada, saiu voando para algum lugar. Em seguida, ouviu-se o canto de um chapim. No ar frio e úmido do barranco os sons não viviam por muito tempo: nasciam e imediatamente desapareciam...

TCHELKACH

A POEIRA escurecia o céu azul meridional, encobrindo-o. O sol, cálido, contemplava o mar verde, como que adornado por um fino véu acinzentado. A luz quase não se refletia na água, sulcada pelos golpes dos remos, pelas hélices dos vapores e pelas agudas quilhas das falucas turcas e de outras embarcações que vagavam em todas as direções pelo acanhado ancoradouro. As ondas do mar, encerradas entre muros de granito e amortecidas pelos colossais pesos que deslizavam por suas cristas, chocavam-se murmurantes, espumantes e carregadas de pequenos detritos contra os cascos dos navios e contra as margens.

O retinir das amarras; o estrondo dos engates dos vagões que conduziam a carga; o gemido metálico das chapas de ferro, chocando-se ao longe contra a calçada pedregosa; o baque surdo da madeira; o tilintar dos carros de carga; o assobio dos vapores, ora agudo, perfurante, ora abafado; os gritos dos estivadores, dos marinheiros e dos oficiais da alfândega: todos esses sons fundiam-se na estrondosa melodia de um dia de trabalho e, revolvendo-se, pairavam pelo céu logo acima do ancoradouro. Da terra erguiam-se a cada instante novas ondas de sons, ora como um ronco surdo, abalando fortemente tudo a seu redor, ora cortantes, retumbantes, rasgando o tórrido ar empoeirado.

O granito, o ferro, a madeira, o ancoradouro de pedra, os barcos, as pessoas: em tudo vibravam os poderosos sons de um apaixonado hino a Mercúrio. Nele, porém, mal se ouviam as vozes das pessoas, fracas e patéticas. As próprias pessoas que, originariamente, haviam criado aquele som pareciam ridículas, deploráveis: suas silhuetas empoeiradas, maltrapilhas, apressadas, encurvadas sob o peso das cargas que carregavam em suas costas, corriam desordenadamente ora para cá, ora para lá pelas nuvens de poeira, por aquele mar de calor e de sons. Pareciam insignificantes em comparação aos colossos de ferro que os circundavam, aos montes de carga, aos ruidosos vagões e a todas as outras coisas que eles mesmos haviam criado. A criação os subjugara, privara-os de sua essência.

Prestes a partir, os pesados e gigantescos vapores assobiavam, chiavam, suspiravam profundamente, e a cada som produzido por eles manifestava-se um tom de zombaria e desdém pelas figuras acinzentadas e empoeiradas das pessoas que rastejavam em seus conveses para encher profundos porões com o produto de seu trabalho escravo. Eram amargamente patéticas as longas filas de estivadores, cada um carregando sobre os ombros suas muitas arrobas de grãos em direção aos ventres de ferro dos navios, tudo para conseguir algumas libras de pão para apaziguar seus estômagos, pão feito com aqueles mesmos grãos. De um lado as pessoas, rotas, suadas, embrutecidas pelo cansaço, pelo barulho e pelo calor; do outro as máquinas, criadas pelas pessoas, poderosas, corpulentas, reluzentes ao sol, máquinas essas que ao fim e ao cabo punham-se em movimento não pelo vapor, mas sim pela força dos músculos e pelo sangue de seus criadores. Nesse contraste soava um verdadeiro poema de cruel ironia.

O barulho oprimia, a poeira irritava as narinas e cegava os olhos, o calor queimava o corpo, extenuando-o, e tudo ao redor parecia tenso, impaciente, prestes a desencadear alguma catástrofe grandiosa, uma explosão que refrescasse o ar, aliviando e facilitando a respiração, que fizesse reinar o silêncio, e que pudesse fazer com que aquele barulho empoeirado, ensurdecedor, irritante e enlouquecedor desaparecesse, e que, então, sobre a cidade junto ao mar, tornasse o céu tranquilo, claro, agradável...

Ouviram-se doze badaladas sonoras e cadenciadas.

Quando o último som diluiu-se, a selvagem música do trabalho já soava com menor intensidade. Em menos de um minuto ela já se tornara um murmúrio descontente e abafado. As vozes das pessoas e o rumor do mar tornaram-se agora audíveis. Chegara a hora do almoço.

I

Quando os estivadores, ao pararem de trabalhar, dispersaram-se pelo ancoradouro em grupos ruidosos para comprar comida nas vendas, sentando-se de qualquer jeito para almoçar, sobre a calçada ou em cantinhos protegidos do sol, surgiu Grichka Tchelkach, um velho lobo, conhecido de todos no ancoradouro, beberrão inveterado, além de astuto e corajoso ladrão. Andava descalço, usando um velho par de calças aveludadas rotas, sem chapéu, com uma suja camisa de chita de gola rasgada, que revelava seus secos e angulosos ossos, recobertos por sua pele morena. Notava-se, pelos desgrenhados cabelos, outrora totalmente negros, e pelo rosto amassado, vívido e feroz, que ele acabara de acordar. De um lado de seus bigodes castanhos pendia um pequeno pedaço de palha, enquanto outro pedacinho confundia-se, na bochecha esquerda, com os pelos de sua barba por fazer. Atrás da orelha metera um pequeno ramo de tília, recém-cortado. Era alto, esquelético e um pouco encurvado. Caminhava vagarosamente entre as pedras, balançando seu nariz adunco e lançando ao redor olhares perfurantes com seus brilhantes e frios olhos cinzentos, enquanto procurava por alguém entre os estivadores. Seus bigodes castanhos, espessos e longos, eriçavam-se a todo instante, como os pelos de um gato, enquanto suas mãos, postas atrás das costas, esfregavam-se, cruzando nervosamente seus longos, tortos e tenazes dedos. Mesmo aqui, em meio a centenas de outras figuras igualmente brutas e maltrapilhas, ele chamava imediatamente a atenção para si por sua semelhança com um gavião da estepe, com sua magreza, com seu flutuar sempre alerta, na aparência suave e tranquilo, mas no íntimo agitado e perspicaz como o voo da ave de rapina a que ele se assemelhava.

Ao passar por um dos grupos de estivadores maltrapilhos, acomodados nas sombras projetadas por um amontoado de cestas de carvão, veio ao seu encontro um rapaz atarracado, coberto de manchas rubras no rosto apalermado e de cortes no pescoço possivelmente recém-barbeado. Levantou-se, pôs-se ao lado de Tchelkach e disse a meia voz:

— Os marinheiros deram falta de dois carregamentos de produtos... Estão procurando.

— E daí? — perguntou Tchelkach, medindo-o calmamente com os olhos.

— Como assim "e daí"? Estão procurando, ora bolas. Só isso.

— E eles por um acaso me pediram para ajudar a procurar? — disse Tchelkach, olhando com um sorriso na direção do depósito do Dobroflot.[1]

— Vá para o inferno! — disse o rapaz, afastando-se.

— Ei, espere aí! Quem é que fez isso na sua cara, hein? Veja só, acabaram com a fachada... Tem visto o Michka por aqui?

— Há tempos não vejo! — gritou o outro, aproximando-se de seus companheiros.

Tchelkach seguiu caminhando, reconhecido e saudado por todos. Mas ele, geralmente sarcástico e bem-humorado, nitidamente não estava num bom dia, e respondia a tudo que perguntassem de maneira entrecortada e ríspida.

De algum canto por detrás de uma pilha de mercadorias brotou um guarda alfandegário, de verde-escuro, empoeirado, numa pose ereta de soldado. Obstruiu o caminho de Tchelkach, erguendo-se diante dele desafiadoramente e apoiando a mão esquerda no cabo de sua adaga, enquanto tentava segurar Tchelkach pelo colarinho com a mão direita.

---

[1] Abreviação de *Dobrovolny Flot*, "a frota voluntária", uma espécie de associação naval criada em 1878 com propósitos comerciais e custeada por voluntários.

— Alto! Aonde vai?

Tchelkach deu um passo para trás, levantou os olhos na direção do guarda e sorriu friamente.

O rosto avermelhado, benevolente e astucioso do soldado esforçava-se em articular uma expressão ameaçadora: ele a inflava, deixando-a arredondada e enrubescida, enquanto comicamente movia as sobrancelhas e esbugalhava os olhos.

— Eu já não disse para você não se atrever a andar pelo ancoradouro que eu quebraria as suas costelas? E você aqui de novo! — gritou o guarda ameaçadoramente.

— Olá, Semiônitch! Há tempos não nos víamos — cumprimentou tranquilamente Tchelkach, estendendo a ele a mão.

— Bom seria não vê-lo nunca mais! Vamos, vamos...!

E apesar de tudo, Semiônitch apertou a mão estendida.

— Mas diga-me uma coisa — continuou Tchelkach, sem libertar a mão de Semiônitch de seus tenazes dedos e sacudindo-a familiar e amistosamente — você não teria visto o Michka?

— Que Michka? E eu lá conheço algum Michka?! Já chega, amigo, dê o fora! Porque se o vigia do depósito pegar você, ele vai...

— Um ruivo, que trabalhou comigo da última vez no *Kostrom* — insistiu Tchelkach.

— Você quer dizer que roubou com você! Foi levado para o hospital o seu Michka, machucou a perna com uma chapa de ferro. Vamos, amigo, enquanto eu ainda peço com respeito, vamos ou eu levo você pelo pescoço...!

— Ah, veja só! E você dizendo que não conhecia o Michka... Mas conhece sim. Com que é que está assim tão irritado, Semiônitch...?

— Não adianta tentar me embromar, vamos andando!

O guarda começou a irritar-se e, olhando para os lados, tentava desvencilhar sua mão da forte mão de Tchelkach. Este o examinava calmamente por debaixo de suas espessas sobrancelhas e, sem soltar a mão do outro, continuou a falar:

— Não me apresse. Vou falar à vontade com você, vou falar tudo o que tiver que falar. Depois eu saio. Então, me conte... como vai a vida...? A esposa, os meninos... estão bem de saúde? — e acrescentou, com um brilho nos olhos, os dentes arreganhados num sorriso de troça. — Eu queria visitá-lo, mas estou sempre sem tempo... Eu bebo demais, sabe...?

— Ora, mas pare com isso! Não brinque comigo, seu demônio descarado! E eu falo sério, amigo... Ou você acha que já vai sair por aí roubando as casas e as pessoas pela rua?

— Para quê? Por aqui tem o suficiente para nós dois, e por um bom tempo. Ah, e Deus sabe que tem, Semiônitch! Escute, quer dizer que você de novo afanou dois carregamentos de produtos...? Olhe, Semiônitch, tome mais cuidado! Assim você ainda acaba sendo pego...!

Semiônitch pôs-se a tremer, indignado, enquanto salivava, tentando balbuciar algo. Tchelkach largou sua mão, pondo-se a caminhar calmamente e a largos passos de volta para a entrada do ancoradouro. O guarda o seguiu, praguejando freneticamente.

Tchelkach divertia-se. Assobiava baixinho entre os dentes e, com as mãos nos bolsos das calças, caminhava lentamente, soltando para cá e para lá risinhos e gracejos mordazes, a que respondiam na mesma moeda.

— Veja só, Grichka, quando é você até a chefia ajuda, hein?! — gritou alguém no meio da multidão de estivadores, que, então, já haviam terminado de almoçar e agora se estiravam no chão para descansar.

— É que eu estou descalço, e aí o Semiônitch vem me seguindo para eu não machucar o pé — respondeu Tchelkach.

Aproximaram-se da entrada. Dois soldados revistaram Tchelkach e o empurraram de leve para a rua.

Tchelkach atravessou a via e sentou-se na amurada em frente à porta de um botequim. Pela entrada do ancoradouro passava ruidosamente uma fileira de abarrotados carros de carga. Em sua direção iam a toda velocidade carrinhos descarregados, em volta dos quais diversos estivadores saltitavam. O ancoradouro voltara a regurgitar, com um uivo estrondoso, aquela cáustica poeira.

Em meio àquela desordem delirante Tchelkach sentia-se maravilhosamente bem. Dispunha ali de um ganha-pão garantido, que dele exigia pouco trabalho e muita astúcia. Confiava em sua abundante astúcia e, fechando os olhos, já sonhava com a farra da madrugada seguinte, quando um bolinho de notas estaria em seus bolsos... Lembrou-se de seu camarada Michka: ele seria muito útil na noite de hoje se não tivesse quebrado a perna. Tchelkach praguejava consigo mesmo, pensando que sozinho, sem Michka, talvez não desse conta do negócio. Como seria a noite...? Olhou para o céu, depois por toda a extensão da rua.

A alguns passos dele, na beira da calçada, recostado na amurada, estava sentado um jovem rapaz, vestindo uma camisa azul e calças do mesmo tecido rústico, alpargatas e um esfarrapado quepe avermelhado. Próximo dele jazia um pequeno alforje e uma foice sem cabo, envolta em um saco de palha e cuidadosamente amarrada com um barbante. O rapaz era espadaúdo e atarracado, de cabelos castanhos claros, de rosto bronzeado e crestado, com grandes olhos azuis, com que olhava para Tchelkach crédula e bondosamente.

Tchelkach mostrou os dentes, pôs a língua para fora e, fazendo uma careta horrenda, encarou-o com olhos arregalados.

O rapaz, inicialmente perplexo, piscava, mas depois começou subitamente a rir, gritando entre um riso e outro: "Ah, seu doido". Quase sem se levantar do chão, deslizou desajeitadamente pela amurada em direção a Tchelkach, arrastando seu alforje pela lama e batendo com a ponta da foice contra as pedras.

— Andou passeando bastante, hein, amigo...?! — dirigiu-se ele a Tchelkach, puxando-o pela calça.

— Negócios, moleque, e que negócios! — confessou Tchelkach, sorrindo. Simpatizara imediatamente por aquele rapaz saudável e bondoso, de brilhantes olhos infantis. — Veio da colheita, é?

— Pois é...! A colheita não está dando nada. As coisas vão mal! E gente tem um montão! O pessoal chega com fome, aí o preço cai e não dá para competir! Estão pagando seis grivnas em Kuban. Que negócio é esse...?! Dizem que antes pagavam três rublos, quatro, cinco...!

— Antes...! Antes só de olhar para um russo já pagavam três rublos. Eu mesmo uns dez anos atrás fiz negócio por esse preço. Você chegava na cidade dizendo que era russo e já olhavam para você de outro jeito, ficavam admirados e depois lá vinham os três rublos! E ainda davam bebida, davam comida, tudo à vontade!

O rapaz, ao ouvir Tchelkach, num primeiro momento abriu amplamente a boca, expressando, em sua redonda fisionomia, admiração e perplexidade. Mas depois, percebendo que o maltrapilho mentia, estalou os lábios e pôs-se a rir. O rosto de Tchelkach permanecia sério, um sorriso oculto em seus bigodes.

— Você que é doido falando como se fosse verdade e eu aqui ouvindo e acreditando... Então é mentira que antes...

— E o que é que eu estou dizendo? Eu disse que antes lá...

— Espere aí...! — o rapaz esfregou as mãos. — Você por acaso é sapateiro? Ou alfaiate? Você é o quê?

— Eu sou o quê? — repetiu Tchelkach e, pensando, respondeu: — Eu sou pescador...

— Pescadooor? É mesmo?! Quer dizer que você pesca uns peixes...

— Para quê peixe? Os pescadores aqui não pegam peixe nenhum. Só gente afogada, âncora velha, barco afundado, de tudo! Eles têm uma vara especial para isso...

— Mentira, mentira...! Esses são aqueles pescadores que cantam aquela música:

> *Nós lançamos nossas redes*
> *Em praias distantes do mar*
> *Em celeiros e galpões vamos pescar*

— Ah, então você já viu um desses? — perguntou Tchelkach, olhando para ele com um sorriso.

— Não, que ver que nada. Ouvi falar...

— Você gosta?

— Deles? Claro...! Pessoal bom, livre...

— E o que é a liberdade para você...? Você gosta da liberdade?

— E como não? Ser dono do próprio nariz, ir aonde quiser, fazer o que quiser... É claro! Conseguir manter as coisas em ordem, sem ter um peso nas costas: é a coisa mais importante! Poder ir por aí como quiser sem se preocupar com ninguém...

Tchelkach cuspiu com desdém e deu as costas ao rapaz.

— Agora comigo o negócio é o seguinte... — disse o outro. — Meu pai morreu, quase não tenho posses, minha mãe já é velha, a terra não dá nada, o que é que eu vou fazer? Eu tenho que viver. Mas como? Não dá para saber. Eu tinha é que casar com a filha de algum figurão.

Tudo bem. Como se alguém fosse me dar a mão da sua filha…! Mas não, não tem um diabo sequer que queira. E se der, vai me fazer trabalhar para ele… um bom tempo… Uns anos! Você vê como são as coisas! Mas se eu conseguisse ganhar uns cento e cinquenta rublos, eu resolveria a minha vida e mandava o tal sogro às favas! Não quer me deixar casar com a Marfa? Não? Então não precisa! Graças a Deus ela não é a única moça da cidade. Aí eu ficaria completamente livre, viveria por conta própria… Pois é! — O rapaz suspirou. — Mas agora não dá para fazer outra coisa além de arranjar um casamento. Eu fiquei pensando: ah, eu vou é para Kuban, arranjo uns duzentos rublos e pronto! Viro patrão…! Mas não deu. Agora só sobrou virar peão… Com o que eu tenho não dá pra sobreviver, de jeito nenhum! Pois é…!

O rapaz realmente não queria casar com a filha de ninguém. Seu rosto até mesmo esmoreceu, tristonho. Remexeu-se pesadamente contra o chão.

Tchelkach perguntou:

— Você vai aonde agora?

— Como assim aonde? Vou para casa, claro.

— Ora, rapaz, como é que eu vou saber? Você podia ir até para a Turquia…

— Para a Turquiiiia…? — disse arrastadamente o rapaz. — E que bom ortodoxo vai para lá? Que coisa para se dizer…!

— Mas como você é idiota! — suspirou Tchelkach, novamente dando as costas para seu interlocutor. Aquele rústico e bom rapaz despertara algo nele…

Uma incômoda e vaga sensação formava-se lentamente em seu âmago, revolvendo-se e impedindo-o de concentrar-se e de pensar naquilo que tinha que fazer naquela noite.

O rapaz, ofendido, resmungava algo à meia-voz, lançando de quando em quando um olhar atravessado para o vagabundo. Estava ridiculamente emburrado, fazendo bico, e seus olhos semicerrados piscavam de uma maneira um tanto patética e excessivamente rápida. Ele, nitidamente, não esperava que a conversa com aquele mendigo bigodudo terminaria tão rapidamente e de maneira tão revoltante.

O mendigo não prestava mais atenção nele. Assobiava pensativamente, sentado na amurada, enquanto marcava o compasso com seu calcanhar sujo e descalço.

O rapaz queria dar-lhe o troco.

— Então, pescador! Você bebe bastante, não é? — ia ele começando, quando, no mesmo instante, o pescador rapidamente virou-se para ele, perguntando:

— Escute, moleque! Quer trabalhar comigo hoje à noite? Fale depressa!

— Trabalhar de quê? — perguntou desconfiadamente o rapaz.

— Ora, de quê...! Do que eu mandar... Vamos pescar. Você vai remar...

— Bom... Por que não? Tudo bem. Eu posso trabalhar. Só não quero... me meter em confusão com você. Você é um baita de um encrenqueiro... Um ignorante...

Tchelkach sentiu como que uma queimação no peito e disse a meia-voz, fria e raivosamente:

— E você não fique aí tagarelando do que não sabe, que eu bato nessa sua cabeça até ela começar a funcionar direito...

Ele desceu da amurada e puxou o bigode com a mão esquerda, enquanto a direita, rígida e seca, estava cerrada; seus olhos brilhavam.

O rapaz assustou-se. Olhou rapidamente ao redor e, piscando timidamente, também levantou-se do chão. Mediam-se um ao outro com o olhar, silenciosamente.

— Então? — perguntou severamente Tchelkach. Ele queimava e tremia de indignação, causada por aquele jovem fedelho, que durante toda a conversa ele desdenhara e que agora passara a detestar por ter aqueles límpidos olhos azuis, aquele saudável rosto bronzeado, aqueles braços fortes e atarracados; por ele ter em algum lugar uma aldeia, uma casa nela; porque um abastado camponês queria casá-lo com sua filha; por toda a sua vida, passada e futura; mas acima de tudo porque ele, que comparado a Tchelkach não passava de uma criança, ousava amar a liberdade, que não tem preço e que a ele não faltava. É sempre desagradável ver que a pessoa que se considera pior ou inferior ama ou odeia o mesmo que você e que é, portanto, um semelhante.

O rapaz olhava para Tchelkach e sentia a sua autoridade.

— Bom, eu... não vou negar — começou ele. — Estou mesmo procurando emprego. Para mim tanto faz para quem eu vou trabalhar, para você ou para outro. Eu só estava querendo dizer que você não parece um trabalhador. É que você é muito... sei lá, esfarrapado. Tudo bem, eu sei que pode acontecer com qualquer um. Meu Deus, quantos bêbados eu já não vi! Ah, e quantos…! Mas mesmo assim não do seu jeito.

— Tudo bem, tudo bem! De acordo? — replicou Tchelkach, já mais brandamente.

— Eu? Mas é claro…! Com o maior prazer. Diga o valor.

— O valor é por serviço. Depende de como for o serviço. Do resultado da pescaria, eu digo… Você pode até ganhar uns cinco. Entendeu?

Mas agora que a questão era dinheiro, o camponês queria falar com precisão e exigia o mesmo de seu empregador. No rapaz novamente cresceram a desconfiança e a suspeita.

— Aí não dá, amigo!

Tchelkach entrou no papel:

— Não comece a regatear, espere! Vamos para o botequim!

E foram andando pela rua um ao lado do outro, Tchelkach com uma solene expressão de autoridade, enrolando o bigode; o rapaz, com um ar de plena disposição à submissão, mas ainda assim cheio de desconfiança e temor.

— E qual é o seu nome? — perguntou Tchelkach.

— Gavrila! — respondeu o rapaz.

Ao chegarem ao sujo e ensebado botequim, Tchelkach, aproximando-se do balcão, pediu, num familiar tom de freguês, uma garrafa de vodca, sopa de repolho, picadinho de carne e um pouco de chá, e, após concluir o pedido, soltou brevemente para o balconista: "Pode pendurar tudo", a que o balconista assentiu silenciosamente com a cabeça. Gavrila então encheu-se de respeito por seu patrão, que, a despeito de seu aspecto de malandro, gozava de tamanha reputação e confiança.

— Bom, agora nós vamos comer um pouquinho e conversar direito. Mas por enquanto espere aqui que eu já volto.

E saiu. Gavrila olhou ao redor. O botequim localizava-se num porão; era úmido, escuro e envolto num cheiro sufocante de vodca mal destilada, fumaça de tabaco, de alcatrão e de alguma outra coisa azeda. Diante de Gavrila, em outra mesa, estava sentado um homem bêbado numa roupa de marinheiro, de barba ruiva e coberto de poeira de carvão e de alcatrão. Cantarolava, roncando entre um soluço e outro, uma canção composta de palavras quebradas e entrecortadas, ora estranhamente sibilantes, ora guturais. Era nitidamente estrangeiro.

Atrás deles havia duas moldavas, maltrapilhas, de cabelos negros e bronzeadas, que também entoavam uma canção numa rangente voz embriagada.

Depois, das sombras, apareceram novas e diversas figuras, todas elas estranhamente desgrenhadas, todas elas populares, ruidosas e inquietas...

Gavrila começou a ficar com medo. Queria que seu patrão voltasse logo. O barulho no botequim fundiu-se em uma só nota, e parecia que algum animal gigantesco rugia com centenas de vozes diversas, querendo furiosa e cegamente desgarrar-se daquela cova de pedra, sem conseguir achar um meio de libertar-se... Gavrila tinha a sensação de que seu corpo estava sendo sugado por algo inebriante e opressivo, que fazia sua cabeça girar e embaçava-lhe os olhos, que ainda percorriam com curiosidade e temor o botequim...

Tchelkach retornou e eles se puseram a comer e beber enquanto conversavam. Com três copos Gavrila ficou bêbado. Sentia-se contente e queria dizer algo agradável para seu patrão, aquela pessoa incrível que havia lhe proporcionado uma refeição tão saborosa. Mas a sua língua, agora subitamente pesada, por algum motivo não conseguia articular as palavras que lhe subiam à garganta em volumosas ondas.

Tchelkach olhou para ele e, sorrindo zombeteiramente, disse:

— Mas já encheu a cara! Seu molenga! Com cinco copinhos...! Como é que você vai trabalhar assim...?

— Meu amigo...! — balbuciou Gavrila. — Não fique com medo! Eu respeito você...! Dê-me cá um abraço...! Hein...?

— Ora, vamos! Aqui, beba mais um pouquinho!

Gavrila bebeu e chegou, finalmente, ao ponto em que diante de seus olhos tudo começou a balançar em regulares movimentos de onda. Aquilo não lhe era agradável e o fez sentir-se enjoado. Seu rosto tomou uma expressão de estúpido êxtase. Parecia mugir ao tentar dizer algo, enquanto seus lábios estalavam ridiculamente. Tchelkach, olhando atentamente para ele, pareceu lembrar-se de algo, cofiou seus bigodes e permaneceu sorrindo de maneira sombria.

Pelo bar ouvia-se um rumor de vozes embriagadas. O marinheiro ruivo dormia, apoiado com os cotovelos sobre a mesa.

— Bom, vamos embora! — disse Tchelkach, erguendo-se.

Gavrila tentou levantar-se, mas não conseguiu e, praguejando, emitiu uma descabida risada de embriaguez.

— Agora desandou! — proferiu Tchelkach, sentando-se novamente na cadeira diante dele.

Gavrila não parava de rir, observando o patrão com uma expressão abobalhada. Este, pensativo, olhava de volta para ele fixa e penetrantemente. Tinha diante de si uma pessoa, cuja vida caíra em suas patas de lobo. E Tchelkach sentia-se em posição de fazer com ela o que bem entendesse. Poderia dobrá-la como uma carta de baralho e ajudá-la a se tornar um bom camponês. Sentia-se senhor do outro, e pensava que aquele rapaz jamais teria que beber do cálice com que o destino o brindara. Ele então invejou aquela jovem vida, compadeceu-se dela, rindo-se, e até mesmo entristeceu-se, percebendo que ela poderia voltar a cair em mãos como as suas... Todos os sentimentos de Tchelkach afinal fundiram-se em um só: algo paternal e autoritário. Tinha dó do pequeno, mas precisava dele. Tchelkach então segurou Gavrila por debaixo dos braços e, empurrando-o de leve pela parte traseira dos joelhos, levou-o para o pátio do botequim, onde o acomodou no chão, à sombra de uma pilha de lenha. Depois, sentou-se ao lado dele e pôs-se a fumar seu cachimbo. Gavrila revirou-se e resmungou um pouco, e depois adormeceu.

II

— Então, está pronto? — perguntou Tchelkach à meia-voz a Gavrila, que segurava os remos.

— Mais ou menos! Esse encaixe está balançando, talvez eu tenha que dar uma pancada com o remo.

— Não, não! Sem nenhum barulho! Aperte com mais força com as mãos que ele entra no lugar.

Ambos preparavam silenciosamente um barco atrelado à popa de uma das embarcações integrantes de uma numerosa frota de lanchas que carregavam aduelas de carvalho, e de grandes falucas turcas que levavam palmeiras, sândalo e grandes toras de cipreste.

Era uma noite escura. Pelo céu moviam-se espessas camadas de nuvens felpudas. O mar parecia calmo, escuro e denso como óleo. Transpirava um aroma úmido e salgado e ressoava docemente ao chocar-se contra os cascos dos navios e contra as margens, balançando de leve o barco de Tchelkach. Pelo amplo espaço entre a praia e o mar aberto, erguiam-se as escuras silhuetas dos navios, riscando nas alturas o céu com seus mastros agudos de faróis coloridos. O mar refletia o brilho deles, cobrindo-se de uma massa de manchas amareladas. Elas tremeluziam belamente em sua suave e escura superfície aveludada. O mar dormia o saudável e pesado sono do trabalhador que se cansara profundamente durante o dia.

— Vamos! — disse Gavrila, descendo os remos até a água.

— Sim, senhor! — e Tchelkach, com um forte golpe no leme, impulsionou o barco em direção à faixa de água entre as embarcações; ele deslizou rapidamente pela água corrente e com os golpes dos remos a água parecia emitir um brilho azulado e fosfórico. Seu longo rastro, reluzindo suavemente, serpenteava atrás da popa.

— Então, e a cabeça? Está doendo? — perguntou meigamente Tchelkach.

— Estou morrendo de dor...! Parece que levei uma pancada... Vou já molhar a cabeça com água.

— E para quê? Tome aqui, você tem é que molhar a garganta, que assim você melhora mais depressa. — E estendeu uma garrafa a Gavrila.

— Será mesmo? Bom, seja o que Deus quiser...!

Ouviu-se um gorgolejar abafado.

— Mas veja só! Satisfeito...? Chega! — disse Tchelkach, interrompendo-o.

O barco pôs-se novamente a deslizar, esgueirando-se silenciosa e suavemente por entre os navios... Desprendeu-se subitamente daquele aglomerado, e o mar, infinito e poderoso, descortinou-se diante deles, estendendo-se até os horizontes azuis, onde de suas águas irrompiam em direção ao céu montanhas de nuvens, algumas de um lilás acinzentado, com amareladas bordas almofadadas, outras esverdeadas como a água do mar, e ainda outras, tristonhas e plúmbeas nuvens de chuva, projetando suas melancólicas e pesadas sombras. As nuvens deslizavam lentamente, ora convergindo, ora ultrapassando umas as outras, alternando suas cores e formas, engolindo a si próprias e então novamente surgindo com traços diferentes, grandiosas e sombrias. Havia algo imponderável naquele lento movimento de massas inanimadas. Parecia que lá nos confins do mar elas eram intermináveis e que iriam para sempre se arrastar indiferentes céu acima, entregando-se à perversa tarefa de não deixá-lo nunca mais brilhar sobre o mar sonolento com seus milhões de olhos dourados, aquelas estrelas coloridas, vivas e sonhadoramente cintilantes que despertavam nas pessoas sublimes sonhos, pessoas a quem seu puro brilho era tão caro.

— Achou bonito o mar? — perguntou Tchelkach.

— É bonito! Mas dá um pouco de medo — respondeu Gavrila, golpeando a água com os remos, regularmente e com força. A água quase imperceptivelmente ressoava e murmurava sob os golpes dos longos remos e brilhava incessantemente num cálido e azulado tom fosfórico.

— Dá medo! Mas que bobalhão...! — resmungou Tchelkach em tom de troça.

Ele, ladrão que era, amava o mar. Sua natureza inquieta e efervescente, sedenta de emoções, não se cansava nunca de admirar aquela escura amplidão, interminável, livre e poderosa. Era para ele uma ofensa ouvir tal resposta à pergunta que fizera sobre a beleza daquilo que tanto amava. Sentado na popa, ele recortava a água com o leme, olhando calmamente para a frente e repleto de um desejo de continuar longamente adiante por aquele tapete aveludado.

O mar sempre provocava nele uma sensação forte e quente, que, tomando conta de seu peito, purificava-o de um pouco da imundície do mundo. Ele apreciava aquilo e adorava ver-se ali, entre a água e o ar, onde o refletir sobre a vida perdia sempre a precisão, e onde a própria vida perdia seu valor. Pelo mar noturno reverberava suavemente o agradável som de seu hálito sonolento, este som colossal que inunda de tranquilidade o peito e que, domando carinhosamente os malévolos ímpetos humanos, gera nele grandiosos sonhos...

— E onde é que está o material de pesca? — perguntou subitamente Gavrila, examinando com inquietação o barco.

Tchelkach estremeceu.

— Material de pesca? Está aqui comigo, na popa.

Mas ele tinha pena de mentir para aquele menino tanto quanto lamentava pelos pensamentos e sensações que o rapaz destruíra com suas perguntas. Irritou-se. Um familiar e agudo ardor no peito e na garganta o fez estremecer, e ele disse a Gavrila grave e rispidamente:

— O negócio é o seguinte: fique aí sentado no seu canto! E não meta o nariz onde não foi chamado. Eu contratei você para remar, então reme. Porque se você começar a tagarelar, a coisa vai ficar feia. Entendeu?

Por um segundo o barco balançou e parou. Os remos permaneceram na água, gerando nela espumas, enquanto Gavrila, irrequieto, remexia-se em seu banco.

— Reme!

Uma áspera imprecação sacudiu o ar. Gavrila balançou os remos e o barco pareceu assustar-se, começando a mover-se mais depressa, dando nervosos solavancos e sulcando ruidosamente a água.

— Mais devagar...!

Tchelkach soergueu-se da popa, sem soltar os remos de suas mãos e fixando seus frios olhos no pálido rosto de Gavrila. Encurvado, dobrando-se para a frente, ele se assemelhava a um gato pronto para saltar. Ouviam-se um enfurecido ranger de dentes e um tímido estalar de dedos.

— Quem está gritando? — soou do mar um grito severo.

— Vamos, seu diabo, reme...! Silêncio...! Eu mato você, seu cão...! Vamos, reme...! Depressa! Nem um pio...! Ou eu arrebento você...! — sibilava Tchelkach.

— Minha Nossa... Virgem Maria... — sussurrava Gavrila tremendo, mortificado pelo medo e pelo esforço.

O barco girou suavemente e retornou em direção ao ancoradouro, onde o brilho dos faróis amontoava-se num aglomerado colorido. Viam-se os troncos dos mastros.

— Ei! Quem está gritando? — ouviu-se novamente.

Agora a voz parecia mais distante do que na primeira vez. Tchelkach acalmou-se.

— É você quem está gritando! — disse ele em direção aos gritos. Voltou-se depois para Gavrila, que ainda sussurrava sua oração.

— É, meu querido, você deu sorte! Se esses diabos viessem atrás de nós eu ia acabar com você. Entendeu? Eu ia jogar você direto para os peixes...!

Agora que Tchelkach falava com tranquilidade e até mesmo com benevolência, Gavrila, ainda trêmulo de medo, pôs-se a implorar:

— Escute, deixe-me ir embora! Por Cristo, eu peço que me deixe ir! Pode me deixar em qualquer lugar! Ai, ai, ai...! Agora sim eu me dei mal...! Mas pelo amor de Deus, me deixe ir! Para que você precisa de mim?

Eu não posso mais com isso...! Eu nunca fiz uma coisa dessas... É a primeira vez... Meu Deus! Vou me dar mal! Como foi que você me enrolou desse jeito? Hein? Mas que maldade...! Sua alma está condenada...! Ai, mas que negócio é esse...

— Como assim que negócio? — perguntou Tchelkach severamente. — Hein? Como assim que negócio?

O medo do rapaz o divertia, e ele se deleitava tanto com o medo de Gavrila quanto com o fato de que ele, Tchelkach, era assim ameaçador.

— Esse negócio obscuro, meu amigo... Por Deus, deixe-me ir... Para que você precisa de mim...? Hein...? Tenha misericórdia...

— Ora, cale-se! Se eu não precisasse, eu não teria trazido você. Entendeu? Agora fique quieto!

— Ai, Senhor! — suspirou Gavrila.

— Ora, ora! Pode ficar bravo comigo! — interrompeu-o Tchelkach.

Mas agora Gavrila já não podia conter-se, e soluçando abafadamente, chorava, assoava o nariz, remexia-se em seu banco, mas remava com força e desespero. O barco voava como uma flecha. Novamente pelo caminho ergueram-se as escuras silhuetas dos navios, e o barco perdeu-se entre eles, rodopiando pelas estreitas faixas de água entre os cascos.

— Ei, você! Escute aqui! Se alguém perguntar alguma coisa, não diga nada, se quiser continuar vivo! Entendeu?

— Ai, ai...! — suspirou Gavrila desesperadamente

em resposta à severa ordem, acrescentando com amargor: — Meu destino está selado...!

— Pare de choramingar! — sussurrou gravemente Tchelkach.

Após aquele sussurro, Gavrila pareceu perder sua capacidade de percepção; ficou mortificado, tomado por um gélido pressentimento de desgraça. Soltou mecanicamente os remos na água, projetou-se para trás, puxou-os e lançou-os novamente, olhando obstinadamente a todo momento para os pés.

O ruído sonolento das ondas ressoava, lúgubre e assustador. Lá estava o ancoradouro... Além de suas amuradas de granito ouviam-se vozes de pessoas, o rumor da água, uma canção e agudos assobios.

— Pare! — sussurrou Tchelkach. — Largue os remos! Apoie-se com as mãos na amurada! E silêncio, seu diabo...!

Gavrila, agarrando-se com suas mãos à pedra escorregadia, conduziu o barco ao longo da amurada. O barco movia-se sem qualquer barulho, o casco deslizando pelo musgo que crescia sobre a pedra.

— Pare...! Dê-me aqui os remos! Passe para cá! E onde está seu passaporte? No alforje? Passe o alforje! Vamos, depressa! Isso, meu caro amigo, é para você não fugir... Agora você não vai fugir. Sem os remos você até poderia dar um jeito de fugir, mas sem o passaporte vai ficar com medo. Espere! E olhe bem: se você der um pio, vai parar lá no fundo do mar...!

E subitamente, agarrando-se a alguma coisa com as mãos, Tchelkach ergueu-se no ar e sumiu amurada acima.

Gavrila estremeceu. Tudo aconteceu muito rapidamente. Ele sentiu aquele maldito peso e o medo que tinha daquele ladrão magro e bigodudo esvaindo-se, arrastando-se para fora dele... Era o momento de fugir...! Ele, suspirando de alívio, olhou ao redor. À esquerda erguia-se uma negra silhueta sem mastros, lembrando um caixão, vazio e abandonado... Cada golpe de cada onda em seu flanco gerava um eco abafado, retumbante, semelhante a um pesado suspiro. À direita, assomava da água a úmida amurada de pedra do quebra-mar, como uma fria e pesada serpente. Por detrás, viam-se também algumas silhuetas negras de navios, e adiante, pela lacuna entre a amurada e o casco daquele caixão, via-se o mar, silencioso, deserto, coberto de escuras nuvens de chuva. Elas se moviam lentamente, imensas, pesadas, fazendo surgir das trevas o terror e prontas para esmagar os homens com seu peso. Tudo parecia frio, escuro, sinistro. Gavrila começou a ficar com medo. Um medo pior do que aquele que nele inspirava Tchelkach. Ele envolvia o peito de Gavrila num apertado abraço, comprimindo-o até um tamanho minúsculo e mantendo-o colado ao banco do barco...

Ao redor, tudo era silêncio. Não havia som algum além do sussurro do mar. As nuvens arrastavam-se pelo céu tão lenta e enfadonhamente quanto antes, mas a cada minuto mais delas erguiam-se do mar, e talvez se pudesse pensar, ao se olhar para o céu, que ele também era um mar, porém agitado, sobreposto a um outro, sonolento, tranquilo e plano. As nuvens assemelhavam-se a ondas, lançando-se contra a terra abaixo como que acinzentadas e arredondadas montanhas, e em abismo dos quais tais ondas desprendiam-se ao vento, e em vagas que surgiam, ainda não recobertas por espumas esverdeadas de fúria e ira.

Gavrila sentia-se oprimido por aquele obscuro silêncio e por toda aquela beleza e sentiu a necessidade de rever o quanto antes seu patrão. E se ele ficasse por lá...? O tempo passava lentamente, mais lentamente que o deslizar das nuvens pelo céu... E o silêncio, com o passar do tempo, tornava-se cada vez mais sinistro... Mas então, da amurada, ouviu-se um rumor, um murmúrio e algo semelhante a um sussurro. Gavrila teve a impressão de que morreria a qualquer momento...

— Ei! Dormiu? Segure aí...! Cuidado...! — soou a voz abafada de Tchelkach.

Pela amurada algo cúbico e pesado foi descendo. Gavrila colocou-o no barco. Um outro objeto do mesmo tipo foi entregue. Depois, ao longo da parede estendeu-se a longilínea figura de Tchelkach. De algum lugar apareceram os remos, o alforje caiu sobre o colo de Gavrila, e Tchelkach, respirando pesadamente, sentou-se na popa.

Gavrila sorriu alegre e timidamente, olhando para ele.

— Cansou? — perguntou.

— É, moleque, um pouquinho! Vamos, agora reme! Com toda a força...! Você vai ganhar um bom dinheiro, meu amigo! Já fizemos metade do serviço. Agora é só dar um jeito de passar por esses diabos sem ser notado e pronto: você recebe seu dinheirinho e vai correndo para os braços da sua moça. Você tem uma moça? Hein, fedelho?

— Não tenho! — Gavrila fazia toda a força que podia, seu peito puxava o ar como um grande fole e seus braços trabalhavam como molas de aço. A água sob o barco murmurava, e a faixa azulada formada atrás da popa parecia agora mais larga. Gavrila estava ensopado de suor, mas continuava a remar com toda a força. Tendo vivenciado já por duas vezes o pavor naquela noite, ele agora tremia experimentá-lo uma terceira vez e só desejava uma coisa: terminar o quanto antes aquele maldito serviço, voltar à terra firme e fugir daquele homem antes que ele o matasse ou o mandasse para a prisão. Ele decidiu não conversar com ele sobre nada, não contrariá-lo, fazer tudo que ele mandasse e, se conseguisse desvencilhar-se dele com êxito, amanhã mesmo pagar uma promessa para São Nicolau. De seu peito uma prece apaixonada estava prestes a explodir. Mas ele se conteve, resfolegante como um navio a vapor, e manteve-se em silêncio, olhando de soslaio para Tchelkach.

O outro, alto, imponente, encurvado para a frente como um pássaro pronto para lançar voo, olhava para a escuridão diante do barco com seus olhos de águia, e, com seu nariz adunco como o de uma ave de rapina apontando para a frente, segurava fortemente com uma mão o leme, enquanto com a outra cofiava seus bigodes, que oscilavam conforme seus finos lábios esboçavam um sorriso de esgar. Tchelkach estava satisfeito com seu êxito, consigo mesmo e com esse rapaz, que ele tanto amedrontava e que se tornara seu servo. Ele observava o esforço de Gavrila e sentia pena e vontade de animá-lo.

— Ei! — disse ele em tom baixo e jocoso. — Ficou com bastante medo, hein?

— Não muito...!
— Agora também não precisa fazer tanta força aí nos remos. Já chega. Só precisamos passar em mais um lugar... Pode descansar um pouco...

Gavrila obedeceu e diminuiu o ritmo, secou o suor do rosto com a manga da camisa e novamente repousou os remos sobre a água.

— Bom, agora reme mais devagar. Para o barulho a água não nos entregar. Ainda temos uma passagem que temos que vencer adiante. Mais devagar, mais devagar... Porque lá, meu amigo, tem um pessoal perigoso... Não brincam em serviço, não. Quando você menos espera eles pegam você de jeito.

O barco agora avançava pela água quase imperceptivelmente. Apenas algumas gotas azuladas caíam dos remos, produzindo por um instante, ao tocar a superfície do mar, manchinhas igualmente azuladas. A noite parecia mais e mais escura e silenciosa. O céu agora já não se assemelhava a um mar conturbado: as nuvens haviam se espalhado por ele, cobrindo-o com um liso e pesado manto, que descera sobre as águas e agora parecia imóvel. O mar tornara-se ainda mais calmo, mais negro, exalando um forte e cálido odor de maresia, e já não parecia tão imenso quanto antes.

— Ah, se chovesse! — sussurrou Tchelkach. — Aí passaríamos como que por detrás de uma cortina.

À esquerda e à direita do barco, das escuras águas assomavam fortalezas: cargueiros, imóveis, sombrios e negros. Sobre um deles movia-se uma chama, alguém caminhava com uma lanterna. O mar, acariciando-lhes o casco, soava suplicante, abafado; eles respondiam num eco frio e retumbante, como se o desafiassem, como se não quisessem ceder a ele.

— Os fiscais...! — disse Tchelkach num murmúrio quase imperceptível.

Desde o momento em que ele mandara Gavrila remar com mais cuidado, este fora novamente arrebatado por uma aguda sensação de tensão e ansiedade. Inclinara-se completamente para a frente, em direção às trevas, e tinha a impressão de estar crescendo, como se cada osso e cada veia se esticassem, produzindo uma dor aguda; a cabeça, concentrada em um só pensamento, doía, suas costas tremiam e parecia que em suas pernas cravavam-se pequenas, afiadas e gélidas agulhas. Seus olhos doíam por olhar tanto e com tamanha tensão para a escuridão, da qual, imaginava ele, em breve algo surgiria e gritaria para eles: "Parados, ladrões...!".

Quando Tchelkach sussurrara "fiscais", Gavrila começara a tremer. Uma ideia insistente, pungente viera-lhe à mente, provocando seus nervos já à flor da pele: a de gritar, de chamar aquelas pessoas para ajudá-lo... Sua boca já estava aberta, seu corpo já se levantara um pouco do banco, seu peito estava inflado e cheio de ar e sua boca aberta; mas subitamente, paralisado pelo medo que o açoitava como um chicote, ele fechou os olhos e deixou-se cair no banco...

Em frente ao barco, longe na direção do horizonte, das negras águas do mar levantara-se uma imensa espada, de um azul ígneo. Erguera-se, partindo ao meio as trevas da noite, deslizando com seu gume pelas nuvens no céu e aterrissando sobre o mar como uma larga faixa azulada. E ao aterrissar, sob seu brilho divisaram-se, vagando na escuridão, negros e silenciosos navios, invisíveis até então, envoltos nas espessas trevas da noite. Parecia que eles por um longo tempo estiveram no fundo do mar, atraídos para lá pela poderosa força da tempestade, e que agora emergiam de lá pela imposição daquela espada de fogo criada pelo mar apenas para olhar para o céu e para tudo que havia na superfície das águas... Seus cordames pareciam envolver seus mastros como resistentes algas vindas do fundo do mar, enredando aqueles gigantes negros como uma teia. E novamente aquela estranha espada azulada ergueu-se das profundezas do mar, cintilando, cortando novamente a noite e descendo novamente em outra direção, onde mais uma vez surgiram as silhuetas de navios, invisíveis até a sua aparição.

O barco de Tchelkach parou, balouçando sobre a água como que indeciso. Gavrila jazia no fundo do barco, cobrindo o rosto com as mãos, enquanto Tchelkach empurrava-o com o pé e sussurrava furioso:

— Seu idiota, é o barco da alfândega... É um farol elétrico...! Levante, seu bobalhão! Senão aí sim vão jogar a luz em cima de nós...! Você vai arruinar nós dois, seu diabo...! Ora...!

Finalmente, quando um dos golpes do salto da bota atingiu com mais força do que os outros as costas de Gavrila, ele se levantou, ainda temendo abrir os olhos. Sentou-se no banco e, às apalpadelas, apanhou os remos e pôs o barco em movimento.

— Cuidado! Ou eu mato você! Mais cuidado...! Mas com mil demônios, que idiota...! Está com medo de quê? Hein? Seu medroso...! É um farol, só isso.

E cuidado com esses remos...! Seu infeliz...! Estão procurando contrabandistas. Não vão nos pegar, já foram para longe. Não precisa ficar com medo. Agora nós... — Tchelkach olhou triunfante ao redor. — É claro que foram embora...! Ufa...! É, você deu sorte, sua besta quadrada...!

Gavrila permanecia quieto, remando, e, respirando pesadamente, ele olhava de soslaio na direção em que ainda subia e descia aquela espada de fogo. Ele ainda não conseguia acreditar em Tchelkach, não acreditava que era apenas um farol. Aquele frio brilho azulado, rasgando as trevas, fazendo o mar cintilar como prata, continha algo inexplicável, e Gavrila viu-se novamente absorto numa espécie de transe hipnótico motivado pelo medo e pela tristeza. Ele remava como uma máquina, cada vez mais encolhido, como se esperasse um golpe vindo de cima, e já não havia nada, vontade alguma nele: estava vazio, inanimado. Tudo o que de conturbado acontecera naquela noite corroera, afinal, parte de sua humanidade.

Tchelkach, por sua vez, parecia triunfante. Seus nervos, acostumados àquele tipo de comoção, já estavam calmos. Seus bigodes tremiam voluptuosamente e seus olhos brilhavam. Ele se sentia magnificamente bem, assobiando entre os dentes, respirando profundamente o úmido ar do oceano, olhando ao redor e sorrindo com benevolência, até que seus olhos se detiveram em Gavrila.

O vento começou a soprar, despertando o mar e gerando subitamente nele pesadas ondulações. As nuvens pareciam agora mais finas e transparentes, mas o céu estava coberto delas. E embora o vento, ainda que brando, soprasse livremente por sobre o mar, as nuvens não se moviam e pareciam produzir algum pensamento tedioso e cinzento.

— Bom, meu amigo, já está na hora de você voltar a si! Parece até que sugaram toda a sua alma e deixaram aí só um saco de ossos! Agora já acabou. Ei...!

Gavrila apesar de tudo sentiu-se bem ao ouvir uma voz humana, mesmo que fosse a de Tchelkach.

— Estou ouvindo — disse ele baixinho.

— Viu só! Mas que molengão... Bom, sente aqui no leme e me dê aqui os remos que você está cansado, vamos!

Gavrila trocou mecanicamente de lugar. Quando Tchelkach, ao trocar com ele de lugar, olhou em seu rosto e percebeu que suas pernas cambaleavam, ficou com mais pena ainda do rapaz. Deu-lhe um tapinha no ombro.

— Ora, ora, não é para tanto! No fim você vai ganhar um bom dinheiro. Eu vou dar a você uma boa recompensa. Quer uma notinha de vinte e cinco? Hein?

— Não quero nada. Só voltar para a terra...

Tchelkach gesticulou algo, cuspiu e pôs-se a remar, movendo os remos com seus longos braços.

O mar adormecera. Parecia brincar, formando pequenas ondas, adornando-a com franjas de espuma, fazendo-as chocarem-se umas contra as outras e desfazendo-as em respingos. A espuma, ao dissipar-se, sibilava, suspirava, e tudo ao redor enchia-se do musical murmúrio das águas. A escuridão parecia mais vívida.

— Então, mas me diga, — começou Tchelkach — você vai voltar para o campo, vai se casar, vai cultivar a terra, semear o trigo, sua mulher vai criar os filhos, o pão nunca vai faltar. E você vai dar o sangue a vida toda... E a troco de quê? E isso lá tem graça?

— E como tem graça! — respondeu Gavrila, tímido e trêmulo.

Em algum lugar lá em cima, o vento escavou uma pequena brecha nas nuvens, e por ela espiaram azulados pedacinhos de céu, com uma ou duas estrelinhas. O mar que as refletia parecia brincar com elas, fazendo-as saltitar entre as ondas, ora sumindo, ora novamente cintilando.

— Segure isso direito! — disse Tchelkach. — Vamos chegar logo. Pois é...! Terminamos. Um trabalhinho dos bons! Viu como é...? Em uma só noite eu consigo abocanhar quinhentinhos!

— Quinhentos?! — incrédulo replicou Gavrila, assustando-se logo em seguida e perguntando, cutucando com o pé os volumes no barco. — Então o que é que é isso aqui?

— Uma coisa muito valiosa. Se eu fosse vender pelo preço certo, daria para tirar mil. Bom, mas eu não vou fazer caro... Bom negócio, hein?

— Ah, é...? — replicou arrastadamente Gavrila. — Pudesse eu faturar assim! — e suspirou, lembrando-se do campo, de sua pequena e humilde propriedade, de sua mãe e de tudo aquilo que lhe era querido e que, lá de longe, o impelira ao trabalho e àquela noite tão extenuante. Um onda de recordações de seu pequeno vilarejo o arrebatou, daquele lugar ao sopé de montes íngremes, junto a um riozinho e oculto por bétulas, salgueiros, sorveiras e cerejeiras... — É, seria bom...! — suspirou ele tristonho.

— Pois é...! Eu acho que agora você deveria pegar o trem e ir direto para casa... Que as mocinhas vão morrer de amor por você, ah, e como vão...! Você vai poder escolher qualquer uma! Vai poder arrumar até uma casa. Se bem que para uma casa talvez o dinheiro não dê...

— É verdade... Para uma casa é pouco. Madeira vale muito na minha terra.

— Mas e daí? Pelo menos você melhora a antiga. E um cavalo? Você tem?

— Cavalo? Até tenho, mas é muito velho, o coitado.

— Bom, mas é um cavalo. Um booom cavalo! Uma vaca... Ovelhas... Uma granja... Hein?

— Nem me fale...! Ah, meu Deus! Que vida eu teria!

— Pois é, meu caro, é sempre bom ter uma casinha... Eu também entendo bem dessas coisas. Um dia eu já tive o meu cantinho... Meu pai foi um dos primeiros ricos da cidade...

Tchelkach remava lentamente. O barco balouçava ao sabor das ondas, que se chocavam, irrequietas, contra seu casco, e mal se movia pela mar escuro, cada vez mais agitado. Duas pessoas sonhavam, balançando sobre as águas e olhando pensativamente ao redor. Tchelkach tentara induzir Gavrila a pensar no campo, desejando encorajá-lo e acalmá-lo um pouco. Inicialmente, ele falava jocosamente, sorrindo, mas depois, ao responder ao seu interlocutor, ao fazê-lo relembrar as alegrias de uma vida no campo, com a qual ele mesmo se desapontara há tempos, da qual se esquecera e de que só agora se lembrava, ele se entusiasmou aos poucos e, em vez de interrogar o rapaz a respeito das coisas do campo, pôs-se, sem perceber, a falar consigo mesmo:

— O mais importante de se viver no campo, meu amigo, é a liberdade! Você é o seu próprio patrão. Você tem a sua casa, que pode não valer nada, mas é sua. Você tem a sua terra, que pode ser só um pedacinho de terra, mas que é sua! Você é o rei da sua terra...! Você é alguém... Você pode exigir respeito de qualquer um... Não é? — concluiu animadamente Tchelkach.

Gavrila olhava para ele com curiosidade e entusiasmo. Durante aquela conversa ele já conseguira até esquecer que trabalhava com uma pessoa como aquela, e já enxergava diante de si um camponês como ele, ligado eternamente à terra pelo esforço de muitas gerações, atrelado a ela pelas lembranças da infância, afastado dela e de seus cuidados involuntariamente e punido devidamente por tal ausência.

— Isso é verdade, meu amigo! Ah, como é verdade! Olhe só para você, o que seria de você sem a terra? A terra, meu amigo, é como uma mãe: você nunca se esquece dela.

Tchelkach pareceu contrariar-se... Ele sentiu aquela irritante queimação em seu peito que surgia sempre que o amor-próprio daquele temerário valentão era ofendido por alguém, e especialmente por alguém que aos seus olhos não possuía valor algum.

— Chega de tagarelices...! — disse ele, furioso. —

Você deve ter achado que eu estava falando sério... Não conte com isso!

— Mas é um tipo, mesmo...! — disse Gavrila, novamente intimidado. — E eu lá estava falando de você? Deve ter um monte de gente como você! Ah, como tem gente infeliz no mundo...! Vagabundos...

— Pegue aí os remos, seu molenga! — ordenou brevemente Tchelkach, contendo, por alguma razão, toda uma torrente de furiosas imprecações que lhe subiam garganta acima.

Eles novamente trocaram de lugar, enquanto Tchelkach, subindo de volta à popa em meio aos volumes, experimentava uma profunda tentação de dar um pontapé em Gavrila para que ele tombasse dentro da água.

Assim terminou aquela breve conversa, mas agora até o silêncio de Gavrila o lembrava do campo... Ele relembrava o passado, esquecendo-se de direcionar o barco, que girava ao sabor das ondas e flutuava sem destino pelo mar. Este parecia compreender que aquele barco perdera seu rumo e, lançando-o cada vez mais alto, brincava facilmente com ele, inflamando ao redor de seus remos pequenas e amigáveis chamas azuladas. Diante de Tchelkach rapidamente surgiram imagens do passado, um passado distante, separado do presente por uma grande muralha de onze anos de uma vida de vadiagem. Ele pode ver-se criança; ver seu vilarejo, sua mãe — uma mulher roliça de bochechas vermelhas e bondosos olhos cinzentos; seu pai — um gigante de barba ruiva e expressão severa; viu-se noivo e viu sua esposa, Anfissa, de olhos negros e uma longa trança, rechonchuda, tranquila, alegre. Depois viu-se novamente, um belo rapaz, soldado da guarda; e novamente seu pai, já grisalho, encurvado pelo trabalho, e sua mãe, enrugada, descendo à terra; viu ainda a imagem de seu vilarejo, recebendo-o após o término de seu serviço; viu como seu pai se orgulhava diante de toda a aldeia de seu Grigori, de seu belo soldado de longos bigodes, daquele belo rapaz. A memória, este terrível flagelo, pode tornar vívidas até as pedras do passado e pode fazer mesmo do veneno que se bebeu um doce mel...

Tchelkach sentiu-se envolto por uma adorável e reconfortante lufada do ar de sua terra, que trazia consigo aos seus ouvidos as doces palavras de sua mãe; a dura fala de seu decente pai camponês; muito sons esquecidos; o vívido cheiro da terra querida, recentemente descongelada, arada e recoberta pelo manto de seda e esmeraldas das sementeiras... Ele se sentia sozinho, afastado e expulso para sempre daquela vida em que se formara o sangue que corria em suas veias.

— Ei! Mas aonde estamos indo? — perguntou subitamente Gavrila.

Tchelkach estremeceu e olhou ao redor com uma alarmada expressão de predador.

— Ora, mas que diabos...! Reme com mais força...

— Pensativo? — perguntou sorridente Gavrila.

— Cansado...

— Então quer dizer que ninguém vai nos pegar com isso aqui, vai? — disse Gavrila, chutando o volume.

— Não... Fique tranquilo. Logo vamos entregar e eu vou receber o dinheiro... Pois é!

— Quinhentos?

— Não menos que isso.

— Uma soma e tanto! Ah, se eu ganhasse isso…! Ah, eu podia arranjar a minha vida com esse dinheiro…!

— No campo?

— Isso mesmo! E seria para já…

Gavrila, então, pôs-se a voar nas asas dos sonhos. Tchelkach permanecia calado. Seus bigodes pendiam, seu lado direito, fustigado pelas ondas, estava molhado e seus olhos estavam fundos e opacos. A ferocidade de sua figura esmorecera, sobrepujada por aqueles pensamentos humilhantes que transpareciam até mesmo pelas pregas de sua suja camisa.

Ele virou o barco bruscamente e dirigiu-o em direção a algo escuro que assomava das águas. O céu estava novamente encoberto de nuvens e a chuva começou a cair, fina, quente, alegremente retinindo nas cristas das ondas.

— Pare! Cuidado! — comandou Tchelkach.

A proa do barco chocou-se contra o casco de uma lancha.

— Estão dormindo, seus diabos…? — resmungou Tchelkach, agarrando-se a uma corda que pendia do convés. — Desçam a prancha…! Mas tinha que chover agora, não podia chover antes! Ei, seus molengas…! Ei…!

— Selkach, é você? — ouviu-se de cima uma afável voz ronronante.

— Vamos, desçam a prancha!

— Kalimera, Selkach!

— Desça a prancha, seu diabo...! — bramiu Tchelkach.

— Ah, tá nervosinho hoje... Eu, hein!

— Suba, Gavrila! — disse Tchelkach para seu companheiro.

Em um minuto eles estavam no convés, onde três obscuras e barbadas figuras, conversando animadamente umas com as outras em uma estranha língua sibilante, olhavam da amurada para o barco de Tchelkach. O quarto, enrolado numa espécie de toga comprida, aproximou-se dele, apertou-lhe silenciosamente a mão e olhou com desconfiança para Gavrila.

— Deixe o dinheiro para amanhã — disse brevemente a ele Tchelkach. — Que agora eu vou dormir. Gavrila, vamos! Quer comer?

— Estou com sono... — respondeu Gavrila. Cinco minutos depois já roncava, enquanto Tchelkach, sentado ao lado dele, provava as botas de alguém e, cuspindo pensativamente para o lado, assobiava tristonho entre os dentes. Depois, esticou-se ao lado de Gavrila, cruzando os braços sob a cabeça e cofiando os bigodes.

A lancha balançava calmamente sobre as águas ondulantes, rangendo melancolicamente com sua madeira, e a chuva seguia fustigando o convés enquanto as ondas debatiam-se contra o casco... Tudo parecia triste como uma canção de ninar de uma mãe sem esperanças quanto à felicidade de seu filho...

Tchelkach, rangendo os dentes, soergueu a cabeça, olhou ao redor e, sussurrando algo, deitou-se novamente... Com as pernas esticadas, ele se assemelhava a um grande par de tesouras.

III

Ele acordou primeiro, olhando, alarmado, ao redor; acalmou-se logo, porém, e olhou para Gavrila, que ainda dormia. Este roncava satisfeito, e em seu sonho ria de alguma coisa com seu rosto infantil, saudável e bronzeado. Tchelkach suspirou e escalou pela estreita escada de cordas. Pela abertura do porão via-se um plúmbeo pedaço de céu. Ele estava claro, mas o outono conferia-lhe um tom acinzentado e enfadonho.

Tchelkach voltou depois de umas duas horas. Seu rosto estava vermelho, seus bigodes atrevidamente enrolados para cima. Calçando longas e duras botas, vestindo uma jaqueta e calças de pele, ele se assemelhava a um caçador. Suas roupas estavam completamente surradas, mas eram resistentes e caiam-lhe muito bem, fazendo sua silhueta parecer maior, disfarçando sua magreza e dando a ele um aspecto belicoso.

— Ei, moleque, acorde...! — e cutucou Gavrila com o pé.

O outro levantou-se rapidamente e, sem reconhecê-lo por conta do sono, fitava-o assustadamente com seus turvos olhos. Tchelkach começou a rir.

— Olhe só...! — sorriu amplamente, afinal, Gavrila. — Virou fidalgo!

— Logo mais vamos ser mesmo. Mas como você é medroso! Quantas vezes você achou que ia morrer ontem à noite?

— Ora, mas como eu ia saber, era a minha primeira vez nesse tipo de coisa! Eu bem poderia ter arruinado a minha vida inteira.

— Mas você iria outra vez? Hein?

— Outra vez...! Bom, como eu poderia dizer...? A troco do que seria...? Essa é que é a questão!

— Bom, e se fosse por duas das graúdas?

— Duzentos rublos, você diz? Bom... Aí até poderia...

— Espere aí! E aquele negócio de arruinar a vida inteira...?

— Bom, talvez aí... não arruinasse! — sorriu Gavrila. — Pelo contrário, resolveria a vida inteira.

Tchelkach gargalhou alegremente.

— Muito bem, então! Pode ir fazendo suas piadinhas. Que nós vamos para a margem...

Voltaram então para o barco. Tchelkach no leme, Gavrila nos remos. Ao redor deles o céu, cinza, totalmente encoberto por nuvens, e o mar, de um verde turvo, brincando com o barco, arremessando-o ruidosamente contra as ondas ainda brandas, que, por sua vez, lançavam contra o casco salgados respingos brilhantes. Lá longe, na direção em que apontava a proa do barco, via-se a faixa amarela da areia da praia, enquanto à popa o mar se descortinava até o horizonte, coberto de montes de ondas adornadas por uma branca e espessa camada de espuma. Ao longe viam-se muitos navios; bem distante, à direita, divisava-se a grande floresta de mastros e das casas da cidade ao fundo. De lá, mar afora, fluía um ronco abafado, retumbante, que, somado ao murmúrio das águas, criava uma bela e poderosa música... Tudo parecia envolto por uma fina cortina de uma bruma cinzenta, que afastava os objetos uns dos outros...

— É, pelo visto hoje à noite a coisa vem com tudo!

— disse Tchelkach, meneando a cabeça em direção ao mar.

— Tempestade? — perguntou Gavrila, sulcando vigorosamente as ondas com seus remos. Ele já estava molhado dos pés à cabeça por conta dos respingos de água do mar que o vento levantava.

— É...! — confirmou Tchelkach.

Gavrila olhou com curiosidade para ele.

— Então, quanto é que deram para você? — perguntou ele finalmente, vendo que Tchelkach não parecia disposto a começar a conversa.

— Olhe! — disse Tchelkach, estendendo a Gavrila algo que tirara do bolso.

Gavrila viu as notas coloridas e seus olhos brilharam, assumindo diversos tons e matizes.

— Ora, ora...! E eu achando que você estava mentindo para mim...! Quanto tem aí?

— Quinhentos e quarenta.

— Muuuito bom...! — sussurrou Gavrila, seguindo com seus olhos ávidos os quinhentos e quarenta, que logo estavam novamente guardados no bolso do outro. — Ai, ai...! Tivesse eu todo esse dinheiro...! — E suspirou com um ar abatido.

— Nós vamos fazer a festa, rapazote! — gritou Tchelkach. — Ah, se vamos... Não se preocupe que eu vou dar a sua parte, meu amigo... Vou separar quarenta! Que tal? Satisfeito? Quer que eu entregue agora?

— Se para você não for problema, por que não? Eu aceito!

Gavrila tremia inteiro de uma ansiedade aguda que lhe corroía o peito.

— Mas veja só que diabrete! "Eu aceito!" Aceite, meu amigo, por favor! Eu peço por gentileza que aceite! Eu não sei onde enfiar esse montão de dinheiro! Ajude-me a me livrar dele, tome, pegue aqui...!

Tchelkach estendeu a Gavrila algumas notas. O outro pegou-as com sua mão trêmula, largou os remos e escondeu o dinheiro em algum lugar em suas roupas, cerrando avidamente os olhos e puxando ruidosamente o ar, como se bebesse algo forte. Tchelkach olhava para ele com um sorriso de troça. Gavrila pegou novamente os remos e pôs-se a remar nervosa e apressadamente, como se algo o amedrontasse, os olhos voltados para baixo. Seus ombros e suas orelhas tremiam.

— Mas como você é ganancioso...! Isso não é nada bom... E ainda por cima a troco de quê...? Um camponês... — disse Tchelkach, pensativo.

— O que eu não faria com esse dinheiro...! — exclamou Gavrila, subitamente tomado por uma ardente excitação. Começou então a falar, de maneira entrecortada e apressada, como que atropelando os pensamentos e tropeçando nas palavras, sobre a vida no campo com dinheiro e sem dinheiro. O companheirismo, a satisfação, a alegria...!

Tchelkach ouvia-o com atenção, com uma expressão séria e com os olhos semicerrados, absorto em algum pensamento. De tempos em tempos ele sorria um sorriso satisfeito.

— Chegamos! — cortou ele a fala de Gavrila.

As ondas arrastaram o barco e o depositaram carinhosamente sobre a areia.

— Bom, meu amigo, encerramos por aqui. Temos

que puxar o barco para mais longe, senão ele vai ser levado pela água. Vão vir buscá-lo. E eu me despeço de você...! Daqui até a cidade são uns oito quilômetros. O que você vai fazer, voltar para a cidade? Hein?

No rosto de Tchelkach estava estampado um sorriso brilhante, benévolo, porém astuto, e seu aspecto era de alguém que planejava algo, sobremodo agradável para si e inesperado para Gavrila. Enfiou a mão no bolso e sacudiu as notas.

— Não... Eu... não vou... eu... — Gavrila parecia sufocado, engasgado com alguma coisa.

Tchelkach olhava para ele.

— Por que é que você está se contorcendo assim? — perguntou.

— É que... — o rosto de Gavrila ora corava, ora tornava-se pálido, acinzentado, e ele, inquieto em seu lugar, ao mesmo tempo em que queria lançar-se em direção a Tchelkach, sentia-se impelido por algum outro desejo que lhe parecia difícil realizar.

Tchelkach sentia-se constrangido diante de tamanha agitação por parte daquele rapaz. Ele imaginava qual seria o resultado daquilo.

Gavrila pôs-se a rir de maneira estranha, um riso semelhante a um soluço. Sua cabeça estava abaixada, e Tchelkach não podia ver a expressão de seu rosto; viam-se apenas de relance suas orelhas, ora coradas, ora pálidas.

— Ora, mas vá para o inferno! — disse Tchelkach, sacudindo os braços. — Você por acaso está apaixonado por mim, hein? Fica aí enrolando, parece uma moça...!

Ou está chateado por ter que se despedir de mim? Hein, moleque? Fale logo o que você quer! Porque senão eu vou embora...!

— Vai embora?! — gritou sonoramente Gavrila.

A margem arenosa e deserta estremeceu com aquele grito, e as amareladas ondas de areia, banhadas pelas ondas do mar, pareceram agitar-se. Tchelkach também estremeceu. Subitamente Gavrila saiu correndo, lançou-se prostrado aos pés de Tchelkach, abraçou-lhe as pernas e puxou-as para si. Tchelkach cambaleou, sentou-se pesadamente na areia e, rangendo os dentes, balançou bruscamente seus longos braços no ar, os punhos cerrados. Mas antes que ele pudesse golpeá-lo, o sussurro acanhado e suplicante de Gavrila impediu-o:

— Meu querido! Dê para mim este dinheiro! Dê para mim, em nome de Jesus! Para que você precisa dele...? Você consegue tudo de volta em uma só noite, em uma noite... Já eu poderia usar por um ano esse dinheiro... Dê e eu vou rezar por você! Para sempre, em três igrejas, eu vou rezar pela salvação da sua alma...! Você vai desperdiçar esse dinheiro... Eu o usaria na minha terra! Hein, dê o dinheiro para mim! O que você quer com ele...? Ele vale alguma coisa para você? Em uma noite você fica rico! Faça uma boa ação! Você está perdido... Não tem salvação... Já eu! Ah! Dê o dinheiro para mim!

Tchelkach, assustado, admirado, perplexo, permanecia sentado na areia, inclinado para trás e apoiado nos cotovelos, olhando em silêncio com os olhos terrivelmente arregalados para o rapaz, cuja cabeça tinha enterrada entre seus joelhos e que sussurrava, sufocante, suas orações. Ele finalmente o empurrou para longe, pôs-se de pé e, enfiando a mão no bolso, jogou as notas para Gavrila.

— Tome! Engula... — gritou ele agitado, tremendo, sentindo uma profunda compaixão e um profundo ódio por aquele escravo ganancioso. E ao jogar o dinheiro, Tchelkach sentiu-se um herói. — Eu mesmo queria dar mais dinheiro para você. Fiquei com pena ontem, pensando na sua terra, no campo... Pensei: vou dar o dinheiro, vou ajudar o rapaz. Esperei para ver o que você ia fazer. Ia pedir ou não? Mas você... Seu fracote! Seu pedinte...! Como é possível se rebaixar tanto assim por causa de dinheiro? Seu idiota! Seu imbecil ganancioso...! Não tem respeito por si próprio... Se vender assim por uma miséria dessas...!

— Meu amigo...! Que Deus o abençoe! Com tudo isso sabe o que eu sou agora...? Agora eu sou... rico...! — gritou Gavrila em êxtase, tremendo e escondendo o dinheiro em suas roupas. — Mas como você é bondoso! Jamais esquecerei...! Nunca...! Colocarei minha esposa e meus filhos rezando por você sempre!

Tchelkach ouvia seus gemidos de alegria, olhava para aquele rosto radiante, desfigurado pelo êxtase da ganância e sentiu que ele, um ladrão, um vagabundo, privado de tudo que lhe era querido, não seria nunca assim ganancioso, baixo, sem respeito próprio. Nunca seria assim...! E este pensamento, esta sensação, preenchendo-o com a consciência de sua liberdade, acabava por mantê-lo próximo de Gavrila naquela praia deserta.

— Você me fez muito feliz! — gritou Gavrila e, pegando a mão de Tchelkach, colocou-a em seu rosto.

Tchelkach permanecia calado, os dentes arreganhados como os de um lobo. Gavrila continuava seu desabafo:

— E sabe no que eu estava pensando? Nós vamos para lá... Eu pensei... E dou nele com o remo... Em você, eu digo... Zás...! O dinheiro fica comigo e eu o atiro no mar... Você, eu digo... Hein? Quem é que ia dar pela falta? E se descobrissem, nem iriam querer saber como, nem quem! Não é uma pessoa por quem valha a pena fazer barulho...! Inútil para o mundo! Quem é que vai querer fazer justiça por ele?

— Me dê aqui esse dinheiro...! — rugiu Tchelkach, segurando Gavrila pela garganta...

Gavrila desvencilhou-se uma, duas vezes, apenas para em seguida a outra mão de Tchelkach voltar a envolvê-lo como uma serpente... Ouviu-se o rasgar de uma camisa e logo Gavrila jazia sobre a areia, os olhos arregalados de maneira enlouquecida, tentando inutilmente agarrar algo com os dedos e agitando as pernas. Tchelkach, rígido, frio, enfurecido, mostrava com ira seus dentes, sorria um sorriso mordaz, entrecortado, e seus bigodes saltitavam nervosamente em seu rosto agudo e anguloso. Nunca em sua vida fora golpeado de maneira tão dolorida, nunca se sentira tão amargurado.

— Então, está contente? — entre os dentes perguntou ele a Gavrila e, dando a ele as costas, foi embora, em direção à cidade. Ele porém, não chegou a dar cinco passos: Gavrila, encurvando-se como um gato, colocou-se rapidamente de pé, e, tomando um grande impulso, arremessou contra ele uma grande e redonda pedra, gritando maliciosamente:

— Tome...!

Tchelkach gritou, levou as mãos à cabeça, cambaleou para a frente, virou-se para Gavrila e caiu com o rosto na areia. Gavrila, petrificado, olhava para ele. Tchelkach mexeu a perna, tentou levantar a cabeça, mas acabou caindo, estirado, trêmulo. Gavrila pôs-se então a correr para longe, aonde, sob a estepe enevoada, assomava da escuridão uma aveludada e negra nuvem de chuva. As ondas murmuravam ao subir e descer pela areia da praia. A espuma sibilava e respingos de água voavam pelo ar.

Começou a chover. Inicialmente fraca, ela passou rapidamente a cair do céu em torrentes pesadas e fortes. Ela parecia tecer uma grande teia de fios de água, uma teia que logo enredou toda a amplitude da estepe e do mar. Gavrila perdeu-se nela... Por muito tempo nada se viu, além da chuva e do comprido homem que jazia na areia da praia. Mas então, em meio à chuva, apareceu novamente Gavrila, correndo, voando como um pássaro; aproximou-se correndo de Tchelkach, caiu diante dele e começou a revirá-lo no chão. Suas mãos banharam-se de um líquido quente e vermelho... Ele estremeceu e afastou-se, o rosto pálido, ensandecido.

— Meu amigo, levante! — cochichou ele no ouvido de Tchelkach em meio ao barulho da chuva.

Tchelkach voltou a si e empurrou Gavrila para longe, dizendo roucamente:

— Saia de perto de mim...!

— Meu amigo! Perdão...! O diabo me tentou... — sussurrou Gavrila, trêmulo, beijando a mão de Tchelkach.

— Vá embora... Fora daqui... — grunhiu o outro.

— Livre minha alma desse pecado...! Meu querido...! Perdão...!

— Perdão... Vá embora...! Vá para o inferno! — gritou subitamente Tchelkach, sentando-se na areia. Seu rosto estava pálido, furioso, seus olhos turvos pareciam querer fechar-se como se ele estivesse com sono. — O que mais você quer? Fez o que queria fazer... agora vá embora! Fora! — Ele tentou então com o pé empurrar Gavrila, abatido que estava pela tristeza, mas não conseguiu, e só não caiu novamente porque Gavrila segurou-o, escorando-o pelos ombros. O rosto de Tchelkach estava agora na mesma altura do rosto de Gavrila. Ambos estavam lívidos, medonhos. Tchelkach, então, cuspiu nos olhos esbugalhados de seu empregado. Este humildemente limpou-se com a manga da camisa e sussurrou:

— Pode fazer o que quiser... Eu não vou fazer nada. Só peço que me perdoe, em nome de Cristo!

— Seu verme...! Nem trapacear você sabe...! — gritou Tchelkach com desdém, arrancando a camisa de debaixo de sua jaqueta, e, rangendo de quando em quando os dentes, começou a atar a cabeça com ela. — Pegou o dinheiro? — resmungou ele entre os dentes.

— Não peguei, meu amigo! Eu não preciso dele...! Ele só trouxe desgraça...!

Tchelkach enfiou a mão no bolso de sua jaqueta, tirou um maço de dinheiro, colocou de volta no bolso uma das notas e jogou todo o resto para Gavrila.

— Pegue e vá embora!

— Não vou pegar, meu amigo... Não posso! Perdão!

— Estou falando para pegar...! — rosnou Tchelkach, revirando estranhamente os olhos.

— Então me desculpe...! E aí eu pego... — disse timidamente Gavrila, caindo aos pés de Tchelkach naquela úmida areia que a chuva tão copiosamente banhara.

— É mentira! Você vai pegar, seu verme! — disse confiantemente Tchelkach e, levantando com esforço a cabeça do outro pelos cabelos, enfiou-lhe o dinheiro no rosto. — Pegue! Pegue! Não foi à toa que você trabalhou! Pegue, não precisa ter medo! Não fique envergonhado por quase ter matado uma pessoa! Ninguém o faria pagar por matar alguém como eu. Agradeceriam você quando soubessem, isso sim. Tome, pegue logo!

Gavrila percebeu que Tchelkach ria da situação e sentiu-se melhor. Apertou com força o dinheiro em sua mão.

— Meu amigo! Mas você me perdoa? Perdoa? Hein? — perguntou em tom choroso.

— Meu caro... — respondeu no mesmo tom Tchelkach, colocando-se de pé e cambaleando. — Perdoar o quê? Isso não foi nada! Hoje é você, amanhã sou eu...

— Ah, meu amigo, meu amigo...! — suspirou Gavrila, com ar condoído, meneando a cabeça.

Tchelkach erguia-se diante dele sorrindo estranhamente, enquanto o trapo atado a sua cabeça, avermelhando-se aos poucos, começava a assemelhar-se a um chapéu turco.

Chovia a cântaros. O mar murmurava silenciosamente, as ondas chocavam-se contra a margem furiosa e nervosamente.

Duas pessoas permaneciam em silêncio.

— Bom, adeus! — disse Tchelkach maliciosamente, pondo-se a caminho.

Ele cambaleava, suas pernas tremiam e ele segurava sua cabeça de uma maneira tão estranha, que parecia temer perdê-la.

— Perdoe-me, meu amigo...! — mais uma vez pediu Gavrila.

— Não foi nada! — respondeu friamente Tchelkach, pondo-se a caminho.

Ele começou a caminhar, cambaleante e sem deixar de segurar a cabeça com a palma da mão esquerda, enquanto a direita puxava levemente seu bigode castanho.

Gavrila seguiu-o com o olhar até o momento em que ele desapareceu em meio à chuva, que caía cada vez mais pesadamente das nuvens em finas e infinitas torrentes, encobrindo a estepe de trevas metálicas e intransponíveis.

Depois, Gavrila tirou seu chapéu encharcado, fez o sinal da cruz, olhou para o dinheiro que comprimia em sua mão, suspirou profunda e aliviadamente, escondeu-o em suas roupas e, com passos largos e firmes, foi pela praia na direção oposta àquela por onde Tchelkach desaparecera.

O mar uivava, lançando grandes e pesadas ondas contra a areia da praia, transformando-as em respingos e espuma. A chuva fustigava incessantemente a terra e o mar... O vento assobiava... Tudo ao redor eram rugidos, roncos e uivos... Além da chuva não se enxergavam nem o mar, nem o céu.

Rapidamente a chuva e os respingos das ondas lavaram a mancha vermelha do lugar em que estivera Tchelkach, lavaram os rastros de Tchelkach e os do jovem rapaz da areia da praia... E naquelas areias desertas não restou lembrança alguma do pequeno drama que envolvera aquelas duas pessoas.

COLEÇÃO DE BOLSO HEDRA

1. *Iracema*, Alencar
2. *Don Juan*, Molière
3. *Contos indianos*, Mallarmé
4. *Auto da barca do Inferno*, Gil Vicente
5. *Poemas completos de Alberto Caeiro*, Pessoa
6. *Triunfos*, Petrarca
7. *A cidade e as serras*, Eça
8. *O retrato de Dorian Gray*, Wilde
9. *A história trágica do Doutor Fausto*, Marlowe
10. *Os sofrimentos do jovem Werther*, Goethe
11. *Dos novos sistemas na arte*, Maliévitch
12. *Mensagem*, Pessoa
13. *Metamorfoses*, Ovídio
14. *Micromegas e outros contos*, Voltaire
15. *O sobrinho de Rameau*, Diderot
16. *Carta sobre a tolerância*, Locke
17. *Discursos ímpios*, Sade
18. *O príncipe*, Maquiavel
19. *Dao De Jing*, Laozi
20. *O fim do ciúme e outros contos*, Proust
21. *Pequenos poemas em prosa*, Baudelaire
22. *Fé e saber*, Hegel
23. *Joana d'Arc*, Michelet
24. *Livro dos mandamentos: 248 preceitos positivos*, Maimônides
25. *O indivíduo, a sociedade e o Estado, e outros ensaios*, Emma Goldman
26. *Eu acuso!*, Zola | *O processo do capitão Dreyfus*, Rui Barbosa
27. *Apologia de Galileu*, Campanella
28. *Sobre verdade e mentira*, Nietzsche
29. *O princípio anarquista e outros ensaios*, Kropotkin
30. *Os sovietes traídos pelos bolcheviques*, Rocker
31. *Poemas*, Byron
32. *Sonetos*, Shakespeare
33. *A vida é sonho*, Calderón
34. *Escritos revolucionários*, Malatesta
35. *Sagas*, Strindberg
36. *O mundo ou tratado da luz*, Descartes
37. *O Ateneu*, Raul Pompeia
38. *Fábula de Polifemo e Galateia e outros poemas*, Góngora
39. *A vênus das peles*, Sacher-Masoch
40. *Escritos sobre arte*, Baudelaire
41. *Cântico dos cânticos*, [Salomão]
42. *Americanismo e fordismo*, Gramsci
43. *O princípio do Estado e outros ensaios*, Bakunin
44. *O gato preto e outros contos*, Poe
45. *História da província Santa Cruz*, Gandavo
46. *Balada dos enforcados e outros poemas*, Villon
47. *Sátiras, fábulas, aforismos e profecias*, Da Vinci
48. *O cego e outros contos*, D.H. Lawrence

49. *Rashômon e outros contos*, Akutagawa
50. *História da anarquia (vol. 1)*, Max Nettlau
51. *Imitação de Cristo*, Tomás de Kempis
52. *O casamento do Céu e do Inferno*, Blake
53. *Cartas a favor da escravidão*, Alencar
54. *Utopia Brasil*, Darcy Ribeiro
55. *Flossie, a Vênus de quinze anos*, [Swinburne]
56. *Teleny, ou o reverso da medalha*, [Wilde et al.]
57. *A filosofia na era trágica dos gregos*, Nietzsche
58. *No coração das trevas*, Conrad
59. *Viagem sentimental*, Sterne
60. *Arcana Cœlestia e Apocalipsis revelata*, Swedenborg
61. *Saga dos Volsungos*, Anônimo do séc. XIII
62. *Um anarquista e outros contos*, Conrad
63. *A monadologia e outros textos*, Leibniz
64. *Cultura estética e liberdade*, Schiller
65. *A pele do lobo e outras peças*, Artur Azevedo
66. *Poesia basca: das origens à Guerra Civil*
67. *Poesia catalã: das origens à Guerra Civil*
68. *Poesia espanhola: das origens à Guerra Civil*
69. *Poesia galega: das origens à Guerra Civil*
70. *O chamado de Cthulhu e outros contos*, H.P. Lovecraft
71. *O pequeno Zacarias, chamado Cinábrio*, E.T.A. Hoffmann
72. *Tratados da terra e gente do Brasil*, Fernão Cardim
73. *Entre camponeses*, Malatesta
74. *O Rabi de Bacherach*, Heine
75. *Bom Crioulo*, Adolfo Caminha
76. *Um gato indiscreto e outros contos*, Saki
77. *Viagem em volta do meu quarto*, Xavier de Maistre
78. *Hawthorne e seus musgos*, Melville
79. *A metamorfose*, Kafka
80. *Ode ao Vento Oeste e outros poemas*, Shelley
81. *Oração aos moços*, Rui Barbosa
82. *Feitiço de amor e outros contos*, Ludwig Tieck
83. *O corno de si próprio e outros contos*, Sade
84. *Investigação sobre o entendimento humano*, Hume
85. *Sobre os sonhos e outros diálogos*, Borges | Osvaldo Ferrari
86. *Sobre a filosofia e outros diálogos*, Borges | Osvaldo Ferrari
87. *Sobre a amizade e outros diálogos*, Borges | Osvaldo Ferrari
88. *A voz dos botequins e outros poemas*, Verlaine
89. *Gente de Hemsö*, Strindberg
90. *Senhorita Júlia e outras peças*, Strindberg
91. *Correspondência*, Goethe | Schiller
92. *Índice das coisas mais notáveis*, Vieira
93. *Tratado descritivo do Brasil em 1587*, Gabriel Soares de Sousa
94. *Poemas da cabana montanhesa*, Saigyō
95. *Autobiografia de uma pulga*, [Stanislas de Rhodes]
96. *A volta do parafuso*, Henry James
97. *Ode sobre a melancolia e outros poemas*, Keats
98. *Teatro de êxtase*, Pessoa

99. *Carmilla — A vampira de Karnstein*, Sheridan Le Fanu
100. *Pensamento político de Maquiavel*, Fichte
101. *Inferno*, Strindberg
102. *Contos clássicos de vampiro*, Byron, Stoker e outros
103. *O primeiro Hamlet*, Shakespeare
104. *Noites egípcias e outros contos*, Púchkin
105. *A carteira de meu tio*, Macedo
106. *O desertor*, Silva Alvarenga
107. *Jerusalém*, Blake
108. *As bacantes*, Eurípides
109. *Emília Galotti*, Lessing
110. *Contos húngaros*, Kosztolányi, Karinthy, Csáth e Krúdy
111. *A sombra de Innsmouth*, H.P. Lovecraft
112. *Viagem aos Estados Unidos*, Tocqueville
113. *Émile e Sophie ou os solitários*, Rousseau
114. *Manifesto comunista*, Marx e Engels
115. *A fábrica de robôs*, Karel Tchápek
116. *Sobre a filosofia e seu método — Parerga e paralipomena (v. II, t. I)*, Schopenhauer
117. *O novo Epicuro: as delícias do sexo*, Edward Sellon
118. *Revolução e liberdade: cartas de 1845 a 1875*, Bakunin
119. *Sobre a liberdade*, Mill
120. *A velha Izerguil e outros contos*, Górki
121. *Pequenos burgueses*, Górki